¡Cásate conmigo!

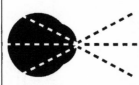

This Large Print Book carries the
Seal of Approval of N.A.V.H.

¡Cásate conmigo!

Colleen Faulkner

Thorndike Press • Waterville, Maine

Published in 2005 by arrangement with Harlequin Books S.A.
Publicado en 2005 en cooperación con Harlequin Books S.A.

Thorndike Press® Large Print Spanish.
Thorndike Press® La Impresión grande española.

The tree indicium is a trademark of Thorndike Press.
El símbolo del árbol es una marca registrada de Thorndike Press.

The text of this Large Print edition is unabridged.
El texto de ésta edición de La Impresión Grande está inabreviado.

Other aspects of the book may vary from the original edition.
Otros aspectros de éste libro podrían variar de la edición original.

Set in 16 pt. Plantin.
Impreso en 16 pt. Plantin.

Printed in the United States on permanent paper.
Impreso en los Estados Unidos en papel permanente.

Library of Congress Cataloging-in-Publication Data

Faulkner, Colleen.
    [Shocking request. Spanish]
    Casate conmigo! / by Colleen Faulkner.
        p. cm. — (Thorndike Press large print Spanish)
    Translation of: A Shocking request.
    ISBN 0-7862-7499-9 (lg. print : hc : alk. paper)
    1. Large type books. I. Title. II. Thorndike Press large print Spanish series.
    PS3556.A9318S48 2005
    813'.54—dc22   2005000423

¡Cásate conmigo!

Capítulo uno

ELIZ aniversario, feliz aniversario. Feliz aniversario, feliz, feliz... —estaba cantando Grant en voz baja.

No sabía de dónde había salido la cancioncilla, pero creía haberla oído en *Los Picapiedra*.

Mientras cantaba, golpeando el suelo con el pie, comprobó si los espagueti estaban en su punto. Después, los escurrió con un colador, echó un poco de margarina y... *voilà*, una cena digna de...

Digna de un viudo en el aniversario de su boda, pensó mientras echaba salsa picante sobre los espagueti. Grant tomó la bandeja y se dirigió al salón, donde lo esperaba una cinta de vídeo.

Para ser vista dos años después de que me haya ido, decía la etiqueta, con la letra menuda y ordenada de su difunta esposa.

Ally había guardado una caja entera de cintas «por si acaso». La mayoría eran para sus hijas y cada cinta tenía una etiqueta con el nombre de una de las niñas y la ocasión en que debía ser vista. La siguiente era para el dieciséis cumpleaños de Hannah, cuatro meses más tarde.

Faltaban dos semanas para el aniversario de la muerte de Ally, pero Grant pensó que no importaría si la viera un poco antes. Al fin y al cabo, aquel día era el aniversario de su boda. Decidido, metió la cinta en el vídeo y se sentó en su sillón favorito, el que Ally había tapizado con una tela de cuadros escoceses.

Cuando la pantalla se encendió, no pudo evitar una sonrisa. Se había acostumbrado a la ausencia de Ally, pero verla en la pantalla lo ponía triste... y alegre a la vez.

Allí estaba su mujer, sentada en aquel mismo sillón. Iba descalza y llevaba pantalones cortos y una visera para cubrir su cabeza porque, debido a la quimioterapia, había perdido mucho pelo. Pero estaba preciosa. No parecía una mujer a punto de morir de cáncer; un cáncer de mama que se había extendido por todo su cuerpo.

—Hola, Grant —dijo, con una sonrisa en los labios.

—Hola —susurró él.

—Si estás viendo esta cinta, habrán pasado dos años —siguió diciendo Ally, mirándolo como si estuvieran en la misma habitación—. Porque te conozco —sonrió ella, señalándolo con el dedo—. Y sé que no harías trampa. Nunca verías esta cinta antes de la fecha prevista.

—Eso es lo que tú crees —sonrió Grant— La estoy viendo dos semanas antes, tonta.

—Bueno, espero que estés bien. Y espero que las niñas sean felices.

—Están estupendas, Ally —murmuró él, con los ojos clavados en la pantalla.

Era tan guapa, con el pelito rubio y los ojos azules... Después de las mastectomías pensaba que él no la vería hermosa, pero no era cierto. La había querido hasta el último momento, hasta el último aliento. Incluso en aquel instante...

—La razón por la que he grabado esta cinta es que... estoy preocupada por ti, Grant —continuó Ally—. Sé que cuidarás bien de las niñas porque eres un buen padre. Haces la colada...

—Y ordeno la ropa en cestas, con el nombre de cada una.

—Y seguro que tienes comida congelada en la nevera con etiquetas y todo —seguía diciendo ella.

Su mujer lo conocía tan bien... La noche anterior habían comido un estofado de carne que estaba en el congelador, con la fecha de caducidad. Por supuesto.

—Seguro que el garaje está tan organizado como siempre, las alfombras limpias y los cuartos de las niñas relucientes... incluso el de Hannah, aunque eso sí que es difícil.

Grant acercó un poco el sillón a la pantalla, como si así pudiera estar más cerca de su mujer. La echaba tanto de menos...

—Y seguro que sigues llevando la ropa a la tintorería cada lunes para recogerla el miércoles, cuando Becka sale de su clase de violín.

—El jueves. La señora Jargo tuvo que cambiar el día porque ahora va a la peluquería los miércoles.

—Y seguro que las niñas hacen los deberes cada noche y siguen sacando buenas notas —sonrió Ally.

A Grant se le encogió el corazón. Las sonrisas de su mujer eran un mundo para él. Cuánto la añoraba.

—Pero... no es por eso por lo que estoy preocupada. Me preocupas tú, cariño. Sé que vas a la peluquería todas las semanas, que te haces una limpieza dental cada seis meses, que siempre planchas tus camisas el domingo por la noche, pero... debes sentirte muy solo, Grant. Y seguro que no sabes qué hacer.

Él contuvo el aliento, preguntándose qué iba a decir después.

—Así que tengo un plan —le sonrió Ally desde la pantalla—. Y sé que estarás de acuerdo porque a ti te gusta mucho tener las cosas bien planeadas.

Grant se movió en el sillón, nervioso. ¿Un plan? ¿Un plan para qué?

—La razón por la que no te he dicho esto antes... cuando seguía aquí, es porque sabía que no querrías escucharme. Pero han pasado dos años, cariño, y es hora de que sigas adelante con tu vida. Mereces ser feliz, mi amor.

A Grant no le gustó aquello, pero tenía que oírlo. Tenía que oír lo que Ally quería decirle.

—Yo creo que ya es hora de que empieces a salir con alguna mujer —dijo su esposa entonces, mirándolo a los ojos desde la pantalla del televisor—. Lo sé, lo sé... Nunca podrás amar a nadie como me amaste a mí. No quieres salir con nadie más y no necesitas a nadie... Pues deja que te diga una cosa, Grant. Todos necesitamos a alguien. Y si fuera al revés, si fuera yo quien estuviera escuchando esto en el sillón, tampoco me gustaría oírlo —siguió Ally—. Pero tendrías razón.

Grant se quedó mirando la pantalla, atónito. Jamás habría esperado aquello.

¿Ally quería que saliera con otras mujeres? No podía creerlo, no podía creer que hubiera dejado una cinta diciendo tal barbaridad. Pero así era Ally, desde luego. Su difunta esposa siempre lo planeaba todo, como él.

—Sé que es duro para ti —siguió ella—. Pero tienes que darte una oportunidad.

—¿Salir con alguien? —murmuró Grant—. ¿Con quién? ¿Quién querría a un hombre que vive de un salario de director de colegio y tiene tres hijas que cuidar?

—Lo sé, lo sé —dijo Ally casi simultáneamente—. ¿Quién saldría con un profesor viudo con tres hijas?

—Director de colegio —la corrigió él, orgulloso—. Conseguí el puesto el año pasado, cuando George se marchó a Maine.

—Así que lo he pensado muy bien... —siguió diciendo su mujer—. Sé que pensarás que nadie quiere salir contigo y que no sabrías de qué hablar si salieras con una desconocida. Eso también lo tengo planeado.

—¿Ah, sí?

Ally estiró las piernas y se inclinó hacia la cámara.

—Jenna —dijo en voz baja—. Quiero que salgas con Jenna. Yo creo que no será difícil que te enamores de ella —añadió, con una sonrisa amarga y dulce a la vez—. Quiero que te cases con Jenna, Grant.

Él tomó el mando del vídeo, pensando que había oído mal. ¿Jenna? ¿Ally quería que se casara con Jenna? ¿Había dicho casarse?

Nervioso, pulsó el botón de rebobinado.

—Jenna. Quiero que salgas con Jenna...

Yo creo que no será difícil que te enamores de ella. Quiero que te cases con Jenna, Grant.

Grant iba a rebobinar la cinta de nuevo cuando oyó la puerta de la calle.

—¡Papá! —lo llamó Maddy, la pequeña.

—¿Dónde estás, papá? —oyó entonces la voz de Becka.

Él se levantó, agitado.

—Estoy aquí.

—¡Papá! —exclamó Maddy, de cinco años, echándose en sus brazos—. Jenna me ha comprado vendas. Para vendar a todos mis muñecos de peluche.

Grant abrazó a su hija, que olía a chocolate y a champú de bebé. Maddy quería ser veterinaria de mayor y siempre estaba curando pacientes humanos y de peluche, a los que vendaba de arriba abajo. Su hija mayor, Hannah, decía que daba miedo entrar en su habitación y ver a todos los muñecos vendados como momias.

—A mí me ha regalado unos calcetines que pegan con el uniforme —sonrió Becka, de once años, dejando una bolsa sobre la mesa de la cocina.

—Hola, papá —lo saludó Hannah.

—Hola, cariño.

—Hola, Grant —lo saludó Jenna.

Jenna.

La había visto un millón de veces. Eran amigos desde la universidad. Jenna fue quien le presentó a Ally...

Y, de repente, no podía apartar los ojos de ella.

Jenna no se parecía nada a su difunta esposa. Era alta, pelirroja, con el pelo largo. No era gorda, pero tampoco delgada. Voluptuosa más bien. Tenía caderas, pechos... Ally siempre fue muy delgadita, incluso después de tener a las niñas.

Los ojos de Jenna eran verdes con puntitos dorados. Tenía pecas en la nariz y unos labios... generosos, voluptuosos, como los de las modelos.

—Hola —la saludó, poniéndose colorado.

—Siento llegar tan tarde, pero Becka necesitaba unos calcetines, Maddy vendas... y, en fin, que hemos ido de tiendas.

—Ha sido culpa mía, papá —se disculpó Hannah, dándole un beso en la mejilla—. Es que quería comprar el nuevo CD de Red Hot Chili Peppers y no lo encontrábamos por ninguna parte. Bueno, me voy a hacer los deberes. Buenas noches, papá. Buenas noches, Jenna. Y gracias.

—De nada, tonta.

—Yo ya he hecho los deberes —les informó Becka—. Buenas noches, Jenna. Vamos,

14

Maddy, si quieres que papá te lea un capítulo de Harry Potter, tienes que meterte en la cama ahora mismo.

—Harry Potter —sonrió Maddy, tomando un oso de peluche vendado hasta las orejas—. Voy a casarme con él.

—No puedes casarte con él, boba. Es un personaje inventado —iba diciendo Becka por el pasillo.

—¡No es inventado!

Cuando se quedaron solos en la cocina, Grant miró a Jenna, que estaba guardando cosas en la nevera.

—He comprado leche porque Hannah me dijo que casi no teníais.

Bajo la gabardina llevaba un jersey negro de cuello vuelto y una falda de cuadros. El pelo, sujeto con una coleta de la que escapaban algunos rizos... que, absurdamente, lo dejaron fascinado.

—¿Te encuentras bien? —le preguntó ella.

—Sí, claro —murmuró Grant, mirando al suelo.

—¿Seguro? Sé que... bueno, que es tu aniversario de boda. Por eso pensé que sería buena idea irme con las niñas de compras.

—Gracias —sonrió él, acompañándola a la puerta.

¿Salir con Jenna? Ally quería que saliera

con Jenna. Que se casara con ella.

—Si no necesitas nada más, hasta mañana.

—No.

Ella se volvió, sorprendida.

—¿Cómo?

—No, que no necesito nada más. Hasta mañana —se despidió Grant, nervioso.

—Buenas noches —sonrió Jenna.

—Buenas noches.

Cuando se quedó solo, dejó escapar un suspiro. Era absurdo... ¿Por qué, de repente, Jenna lo ponía nervioso?

Sonriendo para sí mismo, apagó la luz del pasillo y subió para darle las buenas noches a sus hijas. Después de leerle a Maddy un nuevo capítulo de la serie de Harry Potter entró en el cuarto de Becka, que estaba dormida, y le dio un beso en la frente.

—Buenas noches, Hannah —murmuró, asomando la cabeza en el cuarto de la mayor.

—Buenas noches, papá.

Una vez de vuelta en el salón, Grant miró la pantalla oscura del televisor y su cena, que se había quedado helada.

¿Ally quería que se casara con Jenna? Era ridículo. Más que ridículo, absurdo.

¿O no?

Grant se sentía solo. No le gustaba admitirlo, pero era cierto. Se sentía solo y echaba de menos a su mujer. Había pensado que el trabajo y las niñas serían suficientes para llenar su vida, pero no era cierto. Lo había sabido durante meses. Le faltaba algo. Alguien.

Estaba mirando la pantalla oscura del televisor cuando oyó pasos en la escalera.

—¿Papá? —lo llamó Hannah.

—Estoy aquí.

Hannah se parecía mucho a su madre, con el pelo rubio y los ojos azules que brillaban como joyas cuando se reía.

—¿Otra vez a oscuras?

—Ya ves...

—¿Estás pensando en mamá?

—Sí, hija.

—Yo también he pensado en ella. Hoy era vuestro aniversario.

A Grant le emocionó que su hija lo recordara.

—La echo de menos —murmuró.

Pero ya no le dolía tanto como un año antes. Era cierto, el tiempo borra el dolor. Y lo que le quedaba eran recuerdos felices.

—Yo también —murmuró Hannah—. Pero han pasado dos años, papá. A lo mejor deberías empezar a encender luces.

Sorprendido, Grant se levantó y fue a la cocina. Su hija lo siguió.

—Me gusta la oscuridad.

—Vale, lo que tú digas.

Hannah se apoyó en la puerta de la cocina y Grant se preguntó qué les pasaba a los adolescentes. Su hija nunca entraba en ningún sitio, siempre se quedaba en el umbral, como si estuviera preparando la huida. ¿Qué haría cuando Becka empezase a hacer lo mismo? ¿Compartiría sitio con su hermana o tendría que poner dos puertas en cada habitación?

Sonriendo, Grant abrió la nevera y sacó el cartón de leche que Jenna había comprado. Tendría que pagárselo todo al día siguiente. Jenna hacía aquello desde que Ally se puso enferma. De vez en cuando, se llevaba a las niñas al cine, de compras... Y a sus hijas le encantaba. Incluso la llamaban tía Jenna.

—Papá, lo digo en serio...

—Vale, vale —murmuró él, sirviéndose un vaso de leche.

Todo era demasiado raro aquella noche. La mayoría de los padres darían cualquier cosa por conocer la opinión de sus hijos adolescentes, pero algo le decía que no estaba preparado para aquella conversación.

—Yo creo que deberías empezar a salir con alguien.

Grant se quedó tan helado que siguió echando leche cuando el vaso estaba lleno.

—¡Papá!

—Ah, no me daba cuenta... ¿Qué estabas diciendo, hija?

—Que debes salir con alguna chica.

—¿Yo? —rio él, nervioso.

—¿Por qué no? Sigues siendo atractivo... más o menos.

—Vaya, gracias.

—Ya sabes lo que quiero decir.

—Hannah, mírame. Soy un simple director de colegio y tengo tres hijas. ¿Quién querría salir conmigo?

Ella se encogió de hombros.

—¿Qué tal Jenna?

Grant, que estaba tomando un sorbo de leche, se atragantó.

—¿Estás bien, papá?

Él intentó llevar aire a sus pulmones. Todo aquello era demasiado raro.

—Sí, sí... estoy bien.

—Ten cuidado —rio su hija.

No podía creerlo. ¿Qué era aquello, una conspiración entre Ally y Hannah? No podía ser, pero...

—Bueno, me voy a la cama —dijo ella entonces, interrumpiendo sus pensamientos—. Mañana tengo un examen de geometría a primera hora.

—¿Has estudiado?

—Sí, papá. Buenas noches.

—Buenas noches, cariño.

Grant terminó su vaso de leche y lo metió en el lavaplatos. Después, lo puso en marcha como hacía cada noche y se dirigió a la escalera. Pero entonces recordó que había dejado la cinta de Ally en el vídeo y volvió al salón. No quería que la vieran las niñas.

Inquieto, decidió poner el vídeo de nuevo. La cinta terminaba poco después de sugerir que debía casarse. Ally decía que lo quería mucho y que no podría haber elegido mejor persona para quererlo y querer a las niñas que Jenna Cartwright.

Grant subió a su habitación, se lavó los dientes, dobló su ropa y se metió en la cama.

Y, por primera vez en su vida, se quedó dormido pensando en Jenna.

Capítulo dos

La luz del dormitorio de Maddy y Becka se encendió cuando Jenna daba marcha atrás con su coche.

—Buenas noches —dijo para sí misma—. Que soñéis con los angelitos. Y con vuestro papá, que está más raro... —añadió, riendo.

Jenna sabía que era el aniversario de su boda. Sabía que habrían hecho diecisiete años si Ally hubiera sobrevivido al cáncer. Por eso se llevó a las niñas de compras. Para que Grant pudiera estar solo. Y para que pudiera llorar si quería. El pobre tenía derecho.

Ally, Grant y ella habían sido compañeros de universidad y consiguieron trabajo en el mismo colegio, pero ella se puso enferma y tuvo que dejarlo pocos años después. Estuvo enferma durante mucho tiempo, luchando contra su mal, pero jamás perdió el buen humor.

Ni el cariño de su marido.

Jenna había esperado encontrarlo triste cuando volvió con las niñas, pero lo encontró más bien raro. ¿Qué le pasaba? ¿Por qué la miraba con esa expresión tan extraña?

Sacudiendo la cabeza, tomó la autopista que bordeaba el mar para dirigirse a casa. La casita, que había heredado de su abuela, estaba en primera línea de playa. Durante años las inmobiliarias habían intentado comprársela, pero ella nunca quiso vender. No estaba interesada en el dinero. Solo le interesaba tener un hogar que fuera acogedor y seguro para su hermana Amy.

Cuando llegó empezaba a anochecer, pero las farolas de la calle estaban encendidas. Además, era un vecindario muy tranquilo en el que nunca pasaba nada.

Después de aparcar, Jenna salió del coche con la mochila al hombro. Dentro, llevaba un montón de libros para preparar la clase del día siguiente.

La casa no era muy grande, solo tenía un salón que hacía las veces de comedor, una cocina, dos dormitorios y dos cuartos de baño.

Pero lo más bonito era el porche trasero, que su abuelo había acristalado. Incluso en invierno era un sitio cálido y agradable y, para las plantas, casi como un invernadero. El jardín estaba muy cuidado, con flores por todas partes. Incluso en aquel momento, en septiembre, cuando los días empezaban a ser más cortos, seguía lleno de rosas.

Jenna tiró la mochila sobre el sofá y fue

a casa de su vecina. Como siempre, entró sin llamar. En el salón podía oír las noticias sobre el conflicto en Oriente Medio.

—Me toca tirar el dado —oyó decir a la anciana señora Cannon.

—No vale. He ganado yo —protestó Amy.

Jenna y la señora Cannon no tenían problemas para entender a Amy, pero a algunas personas les resultaba difícil. Amy tenía el síndrome de Down y era necesaria cierta paciencia para entenderla.

—¡Jenna! —la saludó su hermana, tan alegre como siempre.

Amy y la señora Cannon estaban jugando al parchís, con la televisión puesta, aunque no estaban prestando atención a las noticias.

—Hola, cielo.

—He ganado, Jenna. Mira, he ganado. La señora Cannon dice que soy la mejor jugadora de parchís del barrio.

La señora Cannon, una mujer de cabello gris, se levantó con el tablero en la mano.

—Eres la mejor que conozco —dijo, sonriendo.

Que se quedara con Amy hasta que ella volviera del colegio era un regalo del cielo. La señora Cannon no salía de casa y le encantaba quedarse con su hermana por las tardes.

—¿Nos vamos a casa? Son casi las nueve y tengo que repasar los deberes.

—Y yo tengo que ducharme. Mañana trabajo.

Jenna sonrió. Amy trabajaba en el colegio ayudando a los ordenanzas. Contratarla había sido un detalle por parte de Grant. Antes del colegio, trabajaba en un taller con otros chicos con problemas parecidos al suyo, pero era un trabajo que le aburría.

En el colegio solía llevar las cosas al almacén, comprobar que el patio quedaba limpio después del recreo y hacer pequeños recados de clase en clase. Además, le encantaban los niños. Y los niños la querían mucho. Todo el mundo la quería y la hacía sentir importante.

Su único pariente era un hermano que vivía en Oregón, de modo que la familia de las Cartwright eran los niños y los profesores del colegio.

—Gracias por pasar la tarde con Amy, señora Cannon —sonrió Jenna.

—De nada. Ya sabes que me encanta su compañía —sonrió la mujer—. Amy hace que me sienta joven.

—Muy bien. Hasta mañana.

—Hasta mañana, señora Cannon —se despidió Amy.

—Buenas noches, hija.

Su hermana salió corriendo, como siempre. Nunca iba andando si podía correr.

—Qué frío hace.

—Frío no, fresco —sonrió Jenna—. Estamos en septiembre, Amy. ¿Ves esos árboles? Están empezando a perder las hojas porque ha llegado el otoño.

—Y ya podemos comprar calabazas.

—Eso es. Y manzanas para hacer sidra —dijo Jenna, abriendo la puerta de su casa.

—Y luego viene Halloween.

—Muy bien. Buena memoria, amiga.

—Y podemos disfrazarnos de fantasmas —rio Amy, con la alegría de un niño.

—Bueno, a la ducha —ordenó Jenna.

—¿Me vas a leer un cuento?

—Amy, es muy tarde.

—¿Por favor? —le rogó su hermana—. Por favor, Jenna, por favor. Un cuento muy cortito.

—De acuerdo, pero ahora mismo a la ducha. Con jabón y champú.

—Vale.

—¿Qué cuento quieres?

—El del gato con botas —iba diciendo Amy mientras entraba corriendo en el cuarto de baño.

—Ese no. Lo leímos anoche —protestó Jenna.

Pero se lo leería. Haría cualquier cosa por

su hermana.

Mientras esperaba en la cocina que terminase de ducharse, pensó en Grant, que la había mirado como si fuera una completa extraña.

Hombres.

—Buenos días, Catherine —sonrió Jenna a la mañana siguiente.

—Buenos días, señorita Cartwright.

Jenna sonrió mientras encendía la fotocopiadora. En el colegio todo el mundo se llamaba por el nombre de pila. Todo el mundo, excepto Catherine Oberton, que insistía en llamar a los profesores por su apellido. Era la secretaria de Grant desde hacía un año, pero seguía llamándolo señor Monroe.

En ese momento, Grant entraba en la oficina.

—Buenos días —lo saludó Jenna.

Él la miró, como sorprendido. Tenía una expresión tan rara que Jenna soltó una carcajada.

—¿Qué te pasa? ¿Te encuentras bien?

Grant se pasó una mano por la corbata. Solía llevarla roja, pero aquel día era de flores.

—Sí, claro.

Cuando iba a darse la vuelta se tropezó con la papelera y Jenna intentó sujetarlo. Como si pudiera sujetar a un hombre que medía casi un metro noventa.

—¡Cuidado!

Él se puso como un tomate.

—Perdona —murmuró, antes de salir de la oficina.

¿Qué le pasaba? Grant Monroe nunca se tropezaba con nada, nunca iba despeinado, nunca metía la pata...

Sorprendida, Jenna se volvió hacia la fotocopiadora para terminar el trabajo. Sus niños, con uniforme de camisa blanca y pantalón o faldita de cuadros verdes, estarían esperándola ansiosos para ver las fotografías que había llevado.

Cuando pasó por delante del despacho para volver a su clase, Grant estaba sentado frente a su escritorio, anotando algo en un papel con expresión pensativa.

—¿Te pasa algo?

Él se sobresaltó.

—No, nada.

—¿Las niñas están bien?

—Estupendamente.

—Vale. Si necesitas algo, dímelo.

—Sí, claro —murmuró Grant, enfrascándose de nuevo en el papel como si le fuera la vida en ello.

A Jenna le pareció raro que no la mirase a los ojos. Siempre habían sido buenos amigos y cuando Ally murió se acercaron mucho más. Grant Monroe no era la clase de hombre que llora sobre el hombro de nadie, pero sabía que podía confiar en ella.

Su comportamiento era muy raro...

Cuando por fin desapareció, Grant se sujetó la cabeza con las dos manos. No podía creer que hubiera tropezado con una papelera, como un crío. No podía creer que Jenna Cartwright lo afectara de aquella forma. Eran amigos de toda la vida...

Pero aquella noche no había dormido bien. Sus sueños estuvieron poblados de imágenes extrañas... Ally y Jenna en la playa, llamándolo. Ally sentada frente a él, delante de una hoguera. Pero cuando le ofreció una copa de vino, quien la aceptaba era Jenna. El sueño era tan real que seguía sintiendo el calor de su mano al tomar la copa. Seguía oliendo su perfume, un perfume que llevaba siempre y que era muy peculiar.

El sueño lo había hecho sentir como un canalla.

Nunca había pensado en otra mujer y eso lo asustaba. Jenna estaba en su sueño, pero había algo más... un deseo físico sorprendente, inusitado.

Con la cara roja de vergüenza, Grant se

levantó de la silla.

—Los anuncios del día —le recordó Catherine, su secretaria.

Catherine Oberton llevaba una falda por debajo de la rodilla y una blusa abrochada hasta el cuello. Siempre iba vestida como si fuera mucho mayor de lo que era... pero le gustaba tontear con él. Descaradamente.

—Gracias, Catherine. ¿Tienes las faltas de asistencia?

Ella parpadeó. Era un gesto tan descarado que Grant tuvo que contener una risita.

—Los he dejado sobre su escritorio, señor Monroe.

Solía tratarlo como si fuera un renombrado neurocirujano en lugar de un simple director de colegio.

Seguramente, lo hacía para que se sintiera importante.

Grant leyó los anuncios del día por el altavoz, como siempre, terminando con la cita de un famoso autor. A veces las citas eran de carácter serio, otras simpáticas. A veces trataban de algún tema concreto, otras sobre generalidades de la vida. Pero siempre eran lecciones valiosas para los niños.

Cuando terminó, salió de su oficina seguido por los devotos ojos de Catherine y echó un vistazo por los pasillos como hacía cada mañana. El resto del día lo pasó atendiendo la oficina y pensando en lo que Ally había dicho sobre Jenna. Fue a una conferencia y pensó en Jenna. Se sentó frente a su escritorio, aparentando estar haciendo su trabajo... mientras pensaba en Jenna.

Eran casi las tres cuando salió de su despacho, sin propósito alguno más que cambiar de ambiente. Quizá si daba un paseo podría olvidarse de ella.

Pero no podía dejar de oír la voz de su difunta esposa, diciendo que debía casarse con Jenna Cartwright.

«Quiero que salgas con Jenna. Yo creo que no será difícil que te enamores de ella. Quiero que te cases con Jenna, Grant».

Era completamente absurdo y él lo sabía. El problema era que, al final de la cinta, Ally lo había hecho prometer que lo intentaría. Lo había hecho prometer que, al menos, saldría con ella a cenar.

Grant no tenía intención de hacer promesa alguna a ese respecto, pero la segunda vez que vio la cinta, con las niñas ya dormidas, la promesa había salido de sus labios. Sin pensar, murmuró: «te lo prometo, Ally».

Y una promesa es una promesa. Obviamente, por eso había tenido aquel sueño. Por eso no podía dejar de pensar en Jenna. Porque se lo había prometido a su mujer.

La lógica respuesta a su inquietud era invitar a Jenna a cenar y después volver a casa, poner la cinta y decirle a Ally cara a cara que no había nada entre ellos, más que una buena amistad. Que no había química.

Su esposa lo entendería.

Grant pasó por delante de la enfermería del colegio y fue directamente hacia la clase de párvulos. Hacia la clase de Jenna, como si fuera un imán.

Dio la vuelta a una esquina... y casi se chocó con ella, que estaba en el pasillo colocando unos dibujos en la pared.

—Hola, Grant.

—¿Qué haces? —preguntó él, metiéndose las manos en los bolsillos del pantalón porque no sabía qué hacer con ellas.

De repente, sus brazos eran largos apéndices que no servían para nada más que para hacerlo sentir incómodo delante de Jenna.

—Colgar las acuarelas de mis niños. ¿Te gustan?

—Sí —contestó Grant, sin mirarlas.

—He llamado para pedir un ordenador, pero siguen dándome largas. Dicen que los profesores no pueden pedir material, solo «el jefazo». Tú eres el jefazo, ¿no?

Aquel día, Jenna llevaba el pelo sujeto con una trenza, como solían llevarlo sus hijas. Pero a Jenna la trenza no le quedaba como a sus hijas. No, en ella era... muy sexy.

—¿Necesitas un ordenador?

—Todo ser humano, tenga la edad que tenga, necesita un ordenador. Y quiero que mis niños empiecen a utilizarlo.

—Muy bien. Llamaré mañana.

—Vale —sonrió ella, sin dejar de colocar las acuarelas.

Dentro de la clase, Grant oía reír a los niños, preparados para volver a casa. Oía la voz de Martha, la ayudante de Jenna, dando instrucciones para que se pusieran en fila.

Y si quería invitarla a cenar tenía que decidirse, pensó.

—Oye...

—¿Hannah ha encontrado la revista de música que quería?

—Hannah no debería leer revistas de música. Debería estar leyendo *El crisol,* de Arthur Miller. Yo lo leí cuando estaba en el instituto —murmuró Grant, nervioso—. Jenna...

—¿Sí?

—¿Quieres que cenemos juntos el viernes?

—Vale.

No había sido tan difícil, pensó Grant.

—Estupendo. Nos vemos a las nueve en el restaurante francés que tanto te gusta, ¿de acuerdo?

No tenía valor para ir a buscarla a casa. Eso sería... como una cita de verdad.

—Muy bien. A las nueve.

—Ya sabes, cada uno en su coche. Por si acaso debo volver a mi casa corriendo.

—A lo mejor soy yo quien quiere salir corriendo —sonrió Jenna entonces.

Grant carraspeó, nervioso.

En ese momento se abrió la puerta del aula y Martha apareció con un montón de niños tras ella.

—Bueno, me voy. Tengo que acompañar a mis chicos al autobús.

Jenna se fue por un pasillo y Grant se fue por otro.

Pero aquella vez tenía las manos metidas en los bolsillos del pantalón porque quería. Además, iba silbando.

Era la primera vez que silbaba en mucho tiempo.

Capítulo tres

PAPÁ tiene una cita —cantaba Becka, que estaba sentada en un taburete—. Papá tiene una cita. Papá tiene una cita.

—No tengo una cita —protestó Grant, sacando una bandeja del horno.

No era un gran cocinero, pero hacía un pollo al horno para chuparse los dedos. Aunque fuera una inmodestia.

—Papá tiene una cita —repitió Maddy, que estaba entablillándole la pata a un tigre de peluche—. ¿Qué es una cita, Becka?

—No tengo una cita —repitió Grant.

—Una cita es cuando un hombre lleva a una chica a cenar y al cine. Papá va a salir con la tía Jenna.

—Voy a cenar con la tía Jenna para poder hablar tranquilamente —replicó Grant, quitándose las manoplas.

Había quedado con Jenna en el restaurante y si no se daba prisa, llegaría tarde.

—Papá tiene una cita con la tía Jenna —cantó Maddy, sin dejar de entablillarle la pata al pobre tigre—. Papá tiene una cita con la tía Jenna.

—Callaos las dos —dijo Hannah, entrando en la cocina—. Lo estáis poniendo nervioso. Esta es su primera cita.

—¿Es que nadie me escucha? Esto no es una cita —volvió a protestar Grant, quitándose el mandil.

Solo tenía que ponerse la chaqueta y podría marcharse de aquella casa de locos.

Había pensado cambiarse de ropa cuando volvió del colegio, quizá ponerse un polo y pantalones de sport. Pero entonces quedaría claro que se había cambiado porque era una cita. Y no quería que Jenna entendiera mal el asunto de la cena.

No era una cita. Solo era... solo... solo estaba haciendo honor a la promesa que le hizo a su esposa. Nada más.

—Ya, ya —rio Hannah.

Grant hizo una mueca de desesperación.

—Deberes, ducha, pijamas... —empezó a recitar.

—Lo sé, papá —suspiró Hannah, que iba a quedarse cuidando de las pequeñas.

—Esta noche no tenemos deberes —protestó Becka—. Es viernes.

—Vale. Pero solo una hora de televisión —insistió Grant, mirando a su hija mayor—. Digan lo que digan, a las diez en la cama todo el mundo. No dejes que te hagan chantaje. Conozco muy bien a estas dos enanas.

—Adiós, papá —sonrió Becka.

Grant le dio un beso a cada una.

—Adiós, cielos. Sed buenas con Hannah o tendré que ataros por las coletas cuando vuelva a casa.

—Adiós, papi —se despidió Maddy—. Espero que lo pases bien con la tía Jenna. No la beses mucho.

Hannah y Becka soltaron una carcajada.

Grant miró a su hija, perplejo. ¿De dónde había salido eso?

Pero sería mejor no preguntar. Porque la respuesta lo haría llegar tarde.

Y estaba nervioso. Lo de la cena no había sido buena idea. No debería salir con nadie, debería quedarse en casa con sus hijas. Pero era demasiado tarde.

Cenaría con Jenna, intentaría charlar sobre cualquier cosa y volvería a casa lo antes posible.

—Nos vemos luego, niñas. Cierra con cerrojo, Hannah. Y si necesitas algo, llámame al móvil.

—Que lo pases bien, papá. No bebas mucho alcohol y no tomes drogas. Y llámame si pasa algo —rio Hannah, repitiendo lo que él solía decirle cada vez que salía con sus amigas—. Te quiero mucho, papi.

—Yo también.

Antes de arrancar el coche, Grant sacó un

pañuelo para secarse el sudor de la frente. Y mientras lo hacía se miró en el espejo retrovisor.

¿Qué le estaba pasando? ¿Por qué estaba tan nervioso? No solo eso, parecía petrificado.

Pero solo era una cena con una amiga. Con Jenna Cartwright. Jenna, que era su amiga desde hacía casi veinte años. Jenna, que había estado en su boda. Jenna, que no se separó de su lado cuando Ally se puso enferma...

Pero estaba nervioso porque no era solo una cena y lo sabía. Era una cita y él no había tenido una cita en veinte años.

Y estaba muerto de miedo.

Jenna aparcó el coche y esperó a Grant en la puerta del restaurante francés. Durante el verano era uno de los sitios más populares de la ciudad y siempre resultaba difícil encontrar mesa.

Afortunadamente, la temporada alta estaba terminando.

Entonces vio la furgoneta de Grant y lo saludó con la mano. Las ocho menos dos minutos. Ella no solía ser puntual, pero Grant jamás llegaba tarde.

Mientras esperaba que comprobase si

todas las puertas estaban cerradas, como solía hacer, Jenna sentía mariposas en el estómago. Estaba nerviosa.

¿Por qué una cena con Grant la ponía tan nerviosa?

No lo entendía. Grant y ella habían cenado juntos cientos de veces. Antes de casarse con Ally, durante su matrimonio y después.

Pero aquella cena era diferente y no solo porque hubieran quedado en un restaurante. A solas. En lugar de cenar en su casa.

Era algo más. Algo que no podría definir. Grant se portaba de forma extraña desde el día de su aniversario. Y estaba segura de que tenía algo que ver con ella.

—Hola —la saludó, tan guapo como siempre con su traje gris.

—Hola —sonrió Jenna.

Se había puesto un precioso vestido azul cobalto con chaqueta a juego. Después de cambiarse pensó que quizá era un error. ¿Pensaría Grant que aquello era una cita? Las mujeres solo se cambian de ropa para una cita. No se cambian para «cenar con un amigo de toda la vida».

Pero, al final, se dejó el vestido.

—¿Cómo estás? —preguntó Grant, inclinándose para darle el proverbial beso en la mejilla.

Llevaban años besándose, pero aquel día

era diferente. Y Jenna se puso como un tomate.

Llevaba colonia. Grant no solía ponerse colonia más que por las mañanas, después de ducharse.

¿Lo habría hecho para ella?

—¿Has reservado mesa? —preguntó Jenna, nerviosa.

—Sí, en la terraza.

Por supuesto. Grant Monroe jamás olvidaría reservar mesa. Ella sí. Y llegaría diez minutos tarde porque se le había olvidado el bolso. Pero Grant no. Siempre había admirado lo organizado que era.

Solía decirle a Ally que no podría vivir con un hombre así, pero en realidad lo admiraba profundamente.

El camarero los llevó hasta la terraza, acristalada como su porche. Sobre la mesa, dos rosas y una vela encendida. Muy romántico. Demasiado.

Durante unos minutos estuvieron mirando la carta, en silencio, y por fin, Grant carraspeó:

—Bueno, aquí estamos.

—Aquí estamos... —repitió ella, sin saber qué decir—. Esto es un poco raro, ¿no?

Grant se puso colorado.

—Podríamos haber ido a otro sitio.

Jenna soltó una carcajada. ¿Grant nervioso? Eso despertaba su curiosidad. Nunca lo había visto nervioso. ¿Qué estaba pasando dentro de aquella organizada cabeza suya? ¿Por qué la había invitado a cenar? Hubiera querido preguntárselo, pero pensó que no sería buena idea. A Grant, como a la mayoría de los hombres, no se le daba bien expresar sus sentimientos. De modo que decidió ser paciente, esperar que él diera el primer paso.

—¿Las niñas se han enfadado por dejarlas solas?

—No, qué va. He hecho pollo al horno y están dispuestas a quedarse delante de la tele hasta que vean los faros del coche por la ventana, encantadas de la vida.

—A mí también me gusta tu pollo al horno. Y las pobres apenas ven la tele, no me extraña que estén contentas.

—¿Les apetece un cóctel? —preguntó el camarero.

Jenna miró la carta, pensativa.

—Pide lo que quieras —dijo Grant.

—¿No me digas? Tengo más de veintiún años y mis arrugas lo prueban, querido. Siempre pido lo que quiero. La pregunta es, ¿qué quieres tú?

—No lo sé —contestó él, poniéndose colorado de nuevo.

—¿Una cerveza? ¿Vino?

—¿Te apetece tomar vino?

—Me apetece mucho.

—¿Qué tal el tinto de la casa? Es muy recomendable —sonrió el camarero.

—El tinto de la casa entonces.

—¿Una botella o una copa?

—Una copa —contestó Jenna—. Es nuestra primera cita y no quiero hacer el ridículo —añadió, de broma.

El camarero se alejó, sonriendo. Pero Grant estaba como un tomate.

—Perdona, era una broma. Lo de la cita, digo.

—No pasa nada —murmuró él. Pero, por su expresión, sí pasaba algo—. Me gustan tus bromas, Jenna.

La estaba mirando fijamente y ella sintió como un calorcito por dentro. ¿Grant siempre había sido tan atractivo?

—¿A qué bromas te refieres?

—¿Te acuerdas cuando te presentaste como mi segunda esposa en una fiesta? —le preguntó él entonces—. Después de presentar a Ally como mi primera esposa.

Jenna soltó una carcajada.

—Es verdad, no me acordaba. Al menos, no dije que era tu novia y la madre de tus hijas.

Grant rio entonces. Parecía un poco menos nervioso, más relajado.

—Sí, menos mal.

—¿Qué tal el día? —preguntó ella, tomando de nuevo la carta.

Sabía que aquello no era una cita, pero lo parecía. Había pasado demasiado tiempo desde la última vez que estuvo con un hombre y le gustaba... demasiado.

—Como siempre. Trabajo, llamadas... Hoy he tenido que darle otra charla a Arnold Smack.

Jenna sonrió. Otro director habría expulsado del colegio a Arnold mucho tiempo atrás. Pero Grant no. Él siempre le daba a la gente otra oportunidad.

—Ese Arnold es un conflicto andante.

—Desde luego. ¿Qué tal tú?

—¿Yo? Ya sabes, como siempre. Hemos jugado al fútbol con una berenjena y nos hemos puesto orejas de elefante —contestó ella, moviendo las manos como si fueran dos enormes orejas.

—Ya veo —sonrió Grant.

Y esa sonrisa la hizo sentir rara. Pero de una forma agradable.

—¿Por qué me miras así?

—Por nada. Me encanta que te guste tu trabajo. Eres muy buena con los niños.

Jenna no sabía qué decir. Sabía que era una buena profesora, pero que Grant se lo dijera era importante para ella.

—¿Qué vamos a tomar? —preguntó, concentrándose en la carta.

No sabía qué estaba pasando, pero le gustaba cenar a solas con él. Le gustaba cómo la miraba y cómo la hacía sentir.

—¿Qué tal las vieiras?

—Ah, qué ricas. Con salsa de vino blanco y ajo están deliciosas... Pero también el lenguado en salsa de champán.

—Decídete —sonrió Grant.

La siguiente hora y media pasó como un soplo y antes de que se diera cuenta, él la estaba acompañando al coche. Jenna había insistido en que podía ir solita, que el coche estaba aparcado bajo una farola... pero Grant insistió en acompañarla.

La cena fue más que agradable. Jenna quería mucho a su hermana, pero necesitaba hablar con una persona adulta de vez en cuando. Ally había sido su mejor amiga y después de su muerte echaba de menos poder contarle sus cosas a alguien.

Aquella noche, Grant había llenado ese vacío.

—Gracias por la cena.

—De nada.

—¿Grant?

—¿Sí?

—¿Había alguna razón...? ¿Me has invitado a cenar para contarme algo?

Por un momento, él pareció sorprendido.

Más que eso, agitado.

—No, nada en particular. Solo...

¿No quería hablar de nada en particular? ¿Solo cenar con ella? ¿Eso significaba que había sido una cita?

Jenna no sabía qué pensar. En parte la sorprendía y en parte la asustaba. Y en parte se sentía emocionada. Nunca se le había ocurrido pensar que Grant pudiera estar interesado en ella... de esa forma.

Ally había muerto dos años antes y no la sorprendía que Grant quisiera salir con otras mujeres. Pero jamás se le ocurrió pensar que quisiera salir con ella.

—Solo quería... salir un rato de casa. Hablar con otro adulto sin que alguien derrame el vaso de leche sobre la mesa. Nada más.

Jenna estaba tan sorprendida por la revelación de que aquello había sido de hecho prácticamente una cita que no supo qué decir.

—Muy bien —murmuró, entrando en el coche—. Dale un beso a las niñas de mi parte.

—Lo haré. Buenas noches.

Cuando miró por el espejo retrovisor, él seguía allí, bajo la farola, mirándola.

Era raro. Muy raro.

Pero le gustaba.

Capítulo cuatro

Grant entró en su casa, silbando, con la chaqueta colgada al hombro.

—¿Hannah?

Mientras subía por la escalera, recogió una rana de peluche con un anca vendada, una pelota de tenis y varios rotuladores. Como todos los días.

Su hija apareció entonces al final de la escalera, en chándal.

—Estoy en mi habitación, haciendo los deberes.

—¿Un viernes por la noche? —preguntó Grant, sorprendido—. ¿Estás enferma, hija?

Hannah arrugó la nariz.

—Muy gracioso, papá. Tengo que hacer un trabajo de literatura para el martes. Además, es viernes pero no tengo nada mejor que hacer.

—¿Y qué querrías estar haciendo? —sonrió su padre.

—Ir al cine con un chico, por ejemplo —suspiró Hannah—. Esto es horrible. ¡Mi padre consigue una cita y yo no!

Grant entró en la habitación de Maddy

intentando no hacer ruido. Le parecía que seguía oliendo a polvos de talco, aunque hacía años que no los usaba. Después de dejar los juguetes sobre la cómoda, se inclinó para darle un beso a su hija pequeña.

—Ya te dije que no era una cita. Jenna y yo solo hemos ido a cenar.

Hannah hizo una mueca.

—Vale. ¿Y qué tal... esa cena que no ha sido una cita?

—Pues... —empezó a decir Grant, cortado—. Bien. El lenguado estaba riquísimo.

—No hablo de la comida, papá. Eres un hortera, ¿sabes?

Grant se rio mientras la acompañaba a su cuarto.

—Ya sabes que siempre lo he sido.

—Cuéntame los detalles interesantes. Te juro que cuando tenga mi primera cita, te lo contaré todo.

—¿Y ese interés por salir con alguien? Pensé que habíamos llegado a un acuerdo. Nada de chicos hasta que cumplas los dieciséis.

—Yo no he llegado a ningún acuerdo, papá. Además... —dijo Hannah entonces, sentándose frente al ordenador—, nunca voy a tener una cita. Nadie querrá salir conmigo. Ni a los dieciséis ni a los treinta.

—Eso no es verdad, Hannah. Eres divertida, inteligente y... haces una tortilla para chuparse los dedos.

Su hija lo miró por encima del hombro con cara de enfado.

—Papá, los chicos no quieren salir con las chicas para que les hagan el desayuno.

—Eso espero.

Hannah levantó los ojos al cielo.

—Ya sabes a qué me refiero. ¿Vas a contarme qué tal tu cita con la tía Jenna o no? ¿Vas a decirme si le has dado un beso?

Grant se dio la vuelta. De repente, le apretaba la corbata. La idea de besar a Jenna... lo ponía muy nervioso.

—No te quedes levantada hasta muy tarde.

—Vale.

—Buenas noches, Hannah.

—Buenas noches, papá.

Después de cerrar la puerta, Grant se apoyó en ella un momento. ¿Besar a Jenna? ¿Su hija había perdido la cabeza? ¿Por qué iba a besar a Jenna? Solo habían salido a cenar. Y solo para satisfacer una absurda promesa.

Por supuesto que no había besado a Jenna. Habría sido completamente inapropiado.

Entonces, ¿por qué deseaba hacerlo?

Al día siguiente, Jenna iba hacia la casa de Grant sintiéndose como una quinceañera.

Se decía a sí misma que no estaba usando la revista musical de Hannah para verlo aquella tarde. Además de comprar la revista, había comprado *El crisol*, la obra de teatro de Arthur Miller..., para mostrar su dedicación a los estudios de la niña.

Jenna sonrió. ¿A quién quería engañar? Hannah había dicho que no le corría ninguna prisa. La única razón por la que iba a su casa aquella tarde era para ver a Grant. Después de su cita, no podía esperar hasta el domingo para verlo otra vez.

Porque había sido una cita. Se decía a sí misma que no lo era, pero lo era.

Charlaron y rieron como lo hacen un hombre y una mujer. No era su imaginación. Algo había cambiado entre ellos y le gustaba.

No ocurrió nada, ni siquiera se dieron un beso, pero había química entre los dos. Química... algo que solo existía en las novelas o en las viejas películas en blanco y negro.

Jenna conocía a Grant desde la universidad y ella misma le presentó a Ally. Fue testigo en la boda y había estado a su lado hasta el último instante.

Llevaban años juntos, pero nunca había pensado en él como pensaba en aquel momento.

La verdad era que se sentía atraída por Grant. Muy atraída. Y, por su forma de actuar, también Grant se sentía atraído por ella. Era raro. No desagradable, todo lo contrario. Diferente. Además, su esposa había muerto hacía dos años y Grant tenía derecho a rehacer su vida.

Ally hubiera deseado que fuera feliz.

¿Pero habría querido que fuera feliz con ella?

Entonces vio a Grant en el jardín delantero de la casa, limpiando hojas con el rastrillo. Estaba de espaldas, con vaqueros y una camiseta vieja. El viento lo había despeinado un poco.

Y estaba guapísimo.

Jenna estuvo tentada de pasar de largo. ¿Qué pensaría? ¿Creería que estaba loca por él?

Pero en lugar de pasar de largo, aparcó frente a la casa intentando controlar los latidos de su corazón. ¿Qué le pasaba? Había estado allí un millón de veces. Solo era Grant, por Dios bendito. Su amigo Grant.

—Hola —la saludó él, abriendo la puerta.

—Hola —murmuró Jenna, sujetando la bolsa de la librería como si fuera un escudo.

—¿Qué haces aquí?

Estaba sonriendo. Una sonrisa dulce, encantadora.

—Yo... le traigo a Hannah unas cosas de la librería.

—No tenías que hacerlo —dijo Grant, apoyándose en el rastrillo como si no tuviera una sola preocupación en el mundo.

Y la miraba de tal forma que Jenna deseó no llevar unos vaqueros viejos. Y haberse pintado los labios.

—Como tiene que terminar un trabajo de literatura...

Él cerró la puerta del coche. Siempre había sido un caballero, pero en aquel momento el gesto le parecía diferente, más personal.

—Ya, claro.

—¿Está Hannah en casa?

—Debe estar en alguna parte. Se supone que debían estar todas ayudándome a quitar hojas, pero me han abandonado, como siempre. Hannah está hablando por teléfono, Becka en el baño y creo que Maddy tenía que practicarle una operación urgente a un tigre con la cola rota.

Jenna sonrió.

—No les gusta limpiar hojas, ¿eh?

—No. ¿Dónde está Amy?

—En la bolera, con los amigos de la parroquia. Tengo que ir a buscarla dentro de media hora.

—Ah, es verdad. Es sábado... —murmuró Grant, en el porche—. Oye, ¿tienes planes para cenar? Vamos a comer hamburguesas y... —empezó a decir entonces, mirando el mango del rastrillo.

Eran solo hamburguesas, pero Jenna habría aceptado cenar con Grant aunque le ofreciera lagarto. Amy y ella habían cenado en su casa muchas veces, pero en aquel momento todo era diferente. Muy diferente.

—Estupendo. Tengo que ir a buscar a Amy, pero podemos volver más tarde. ¿Quieres que traiga una ensalada o algo?

—Una ensalada estaría bien —sonrió él.

Entonces se miraron el uno al otro y Jenna, nerviosa, le mostró la bolsa de la librería.

—Voy a darle esto a Hannah. ¿Te importa si me llevo a Maddy?

—No, claro que no. Nos vemos dentro de un rato.

Jenna entró en la casa y se detuvo un momento en la escalera para respirar hondo. Se sentía como una idiota. Como una cría enamorada por primera vez...

¿Enamorada?

Aunque habían terminado de cenar una hora antes, seguía oliendo a hamburguesas por todas partes. Jenna estaba sentada en el balancín al lado de Grant, el porche apenas iluminado por el farolillo que había sobre la puerta.

A través de la ventana oían a las niñas jugando al asesino. Y, a juzgar por las risas, lo estaban pasando bomba.

—La señorita Scarlett lo hizo en la biblioteca...

—Maddy, tienes que esperar tu turno —la interrumpió Hannah—. Además, no puede ser la señorita Scarlett porque ya está muerta.

—Hace una noche preciosa —murmuró Grant.

No estaban tocándose, pero Jenna podía sentir el calor del cuerpo del hombre cerca del suyo. Y podía oler su colonia. Se había duchado mientras ella iba a buscar a Amy.

Y le encantaba su olor.

—Gracias por invitarnos a cenar —murmuró, nerviosa.

Era raro que su relación hubiera cambiado tanto en tan poco tiempo. Estaba pendiente de cada uno de sus movimientos, de sus palabras...

—Ya sabes que a las niñas les encanta tenerte en casa —dijo Grant. Después, abrió la boca como para decir algo más, pero pareció pensárselo mejor.

Al otro lado de la calle, un vecino los saludó con la mano y ellos le devolvieron el saludo.

—Parece que Hannah lleva bien el trabajo de literatura —dijo Jenna, por hablar de
algo.

—¿Sabes lo que me dijo ayer? Que estaba
haciendo los deberes porque no tenía otra
cosa que hacer en la vida.

—¿Y qué quería decir con eso?

—Chicos —contestó Grant, levantando
los ojos al cielo—. Quiere salir con chicos.

—Pensé que había una moratoria... hasta
los dieciséis años.

—El caso es que los cumple dentro de
unos meses —sonrió él—. Pero Hannah está
convencida de que nadie querrá salir con
ella jamás.

Jenna sonrió.

—Recuerdo bien esos miedos. El instituto
era horrible.

Grant levantó un brazo y lo puso en el
respaldo del balancín. No estaba suficiente-
mente cerca como para tocarla, pero podía
rozar la manga de su camiseta.

—Le pedí que no saliera con nadie hasta
los dieciséis años, pero es de lo único que
habla. De chicos... y de que ella no les
gusta.

—Todas las chicas de su edad piensan lo
mismo. No te preocupes.

—Pues estoy preocupado.

—Hannah es una chica muy lista —sonrió

Jenna, dándole un golpecito en la rodilla—. Y dentro de poco habrá más chicos llamando a su puerta de los que se pueda imaginar. De los que tú te puedas imaginar.

—Eso me temo —suspiró él—. Solo quiero que sea feliz. Que se guste a sí misma.

—Dale un poco de tiempo. Hannah tiene la cabeza sobre los hombros. Mucho más que yo a su edad.

—Gracias —murmuró Grant, tocando su hombro—. No sé qué habría hecho sin ti estos dos años.

Jenna no sabía qué decir, de modo que no dijo nada. Sencillamente le dio otro empujoncito al balancín y disfrutó del calor de aquella mano sobre su hombro.

Capítulo cinco

Jenna se apoyó en el quicio de la puerta mientras fotocopiaba marsupiales para sus niños. Aquel día estaban trabajando con la letra «eme».

Con un ojo miraba la máquina para asegurarse de que no se comía el original y con el otro... miraba a Grant, en su despacho.

Actuaba de forma muy extraña. Había pasado más de una semana desde la cena del sábado y desde entonces parecía querer evitarla. Cuando hacía la ronda por las aulas, no pasaba por la suya. Cuando llevó a las niñas a tomar un helado unos días antes, él dijo que tenía cosas que hacer.

Jenna volvió a mirarlo. Su secretaria, Catherine, estaba sentada sobre el escritorio y, mientras hablaba, movía una pierna como un péndulo. Evidentemente, estaba intentando llamar su atención y Jenna tuvo que sonreír al ver que Grant no se daba ni cuenta.

En lugar de mirar la pierna estaba concentrado en un papel, sin prestar atención a los evidentes coqueteos de su secretaria.

Con el proverbial suspiro de agotamiento,

la fotocopiadora terminó de escupir copias y Jenna tuvo que abandonar su puesto de observación para dejar que otra profesora se pegase con la maquinita.

¿Estaría equivocada? Quizá Grant no se sentía atraído por ella. Quizá solo había sido su imaginación. O quizá... quizá estaba loco por ella y no sabía cómo decírselo.

Debía ser difícil para él salir con una mujer después de tantos años. Debía resultarle difícil pensar en otra mujer cuando Ally y él habían sido tan felices.

Pero Jenna sabía que estaba solo y necesitaba a alguien.

Desde luego, entendía bien su soledad. Cuando recordaba a Paul, lo felices que fueron juntos mientras estaban prometidos... Recordaba lo agradable que era contarle a alguien lo que había hecho durante el día, lo agradable que era poder compartir con él una fuente de palomitas y una película de vídeo... Pero no había funcionado. Paul no fue capaz de aceptar a Amy como parte de la familia y eso dio al traste con la relación.

Jenna salió al pasillo, con las copias bajo el brazo. Sabía que lo mejor era no hacer nada. Después de todo, ¿qué más daba que Grant la encontrase atractiva? ¿Qué más daba que quisiera salir con ella? ¿Para qué? Grant Monroe necesitaba una esposa, una madre para sus hijas, no una novia con la responsabilidad de una hermana con síndrome de Down. Los hombres no aceptaban la obligación que tenía para con Amy y ella no pensaba aceptar a un hombre que no quisiera cuidar de su hermana.

Seguramente el propio Grant la estaba evitando porque se había dado cuenta de que la atracción que sentía por ella no lo llevaría a ninguna parte. Lo mejor sería seguir siendo amigos y esperar que encontrase a alguien que lo hiciera feliz.

Pero entonces lo vio doblando una esquina. Debía haber escapado de las garras de Catherine Oberton, pensó.

Jenna decidió seguirlo y cuando se detuvo para beber agua en una fuente del pasillo, lo tomó del brazo.

—¿Puedo hablar contigo? —le preguntó, sin pensar.

De nuevo, él la miró con aquella expresión de absoluta sorpresa.

—Sí, claro.

Impulsivamente, Jenna lo llevó hasta el servicio de caballeros.

—No puedes entrar aquí...

—¿Qué te pasa?

—¿Cómo?

Ella dejó escapar un suspiro. Le quedaban ocho minutos para empezar la clase, de modo que no tenía mucho tiempo.

—¿Por qué me evitas, Grant? ¿He dicho algo que te haya molestado?

Grant la miró, después miró al suelo... y después volvió a mirarla a ella.

—No, claro que no. Es que... he estado muy ocupado. He tenido que buscar una profesora nueva para los alumnos de sexto y...

Estaba tan guapo inventando excusas que a Jenna le daban ganas de besarlo.

Pero no tenía ni idea de qué estaba haciendo en el servicio de caballeros.

—Lo pasé muy bien el viernes por la noche. Y el sábado, en tu casa.

—Yo también.

Lo había dicho como si le diera las gracias por pasarle la sal.

—No —dijo Jenna entonces, tirándole de la manga—. Quiero decir que lo pasé muy bien contigo y...

Lo que quería decir era que, aunque lo había pasado muy bien, lo mejor era que no volvieran a salir. Que sería mejor dejar la relación como estaba.

—Jenna, ¿quieres salir a cenar conmigo otra vez? —le preguntó Grant, de repente—. ¿El viernes por la noche? Podríamos ir al cine.

Ella levantó la cara, decidida a rechazarlo.

Paul le había roto el corazón cuando se negó a aceptar a Amy. Le había roto el corazón cuando llevó aquel folleto sobre un «internado» para personas como ella.

Y Jenna sabía que salir con Grant le rompería el corazón. Por eso debía decir que no, por eso debía ser fuerte.

Pero cuando miró aquellos sinceros ojos azules, no pudo seguir pensando.

—Me encantaría ir al cine contigo.

«Me encantaría ir a la luna contigo», pensó, sintiéndose enteramente como una quinceañera. Cuando era una mujer cerca de los cuarenta...

—Estupendo. Genial.

Grant sonrió y Jenna no hubiera podido echarse atrás por nada del mundo.

—¿Te llamo yo?

—Vale.

Habían hecho planes, pero ninguno de los dos se movía.

—Fuera —dijo él por fin, abriendo la puerta—. Fuera del servicio de caballeros ahora mismo. Yo saldré detrás de ti —añadió, mirando a ambos lados del pasillo.

Jenna tuvo que ir conteniendo la risa hasta su aula.

Grant aparcó el coche en la calle porque frente a la puerta del garaje había dos bicicletas. Maddy y Becka debían haber estado dando una vuelta después del colegio.

Mientras se dirigía hacia el porche, iba dándole vueltas a la cabeza. No podía creer que hubiera invitado a Jenna al cine. Después del sábado, estaba convencido de haber hecho honor a su promesa y que, por lo tanto, no había necesidad de repetir la experiencia.

Pero la había invitado al cine.

Ella lo había metido en el servicio de caballeros y, sin pensar, por un impulso loco...

Jenna había parecido sorprendida, pero el auténtico sorprendido era él.

Y con una cita para el próximo viernes, no sabía si saltar por encima de las azaleas o enterrarse en ellas.

Una cita. Era oficial. Estaba saliendo con Jenna.

Maddy salió corriendo de la casa.

—¡Papá! ¡Dile a Becka que me devuelva mi serpiente!

—¿Una serpiente de verdad?

Maddy arrugó la nariz como solía hacerlo Ally y Grant tuvo que sonreír.

—Una serpiente de mentira, papá. Becka me ha quitado a mi Ka y dice que no piensa devolvérmela —le espetó la niña, haciendo pucheros.

Grant tomó a su hija de la mano para entrar en casa.

—¿Y qué le has hecho a tu hermana para que se vengue de esa forma?

—¡Díselo! —gritó Becka desde la cocina— Dile lo que me has dicho en el autobús.

—¿Qué le has dicho en el autobús?

Maddy soltó la mano de su padre y se cruzó de brazos, enfadada. No era una niña, era un bulldog cuando se ponía así.

—¡Ha dicho que yo estoy enamorada de Rowen McCarthy! ¡Y delante de todo el mundo!

—Tú le dijiste a Mindie que estabas saliendo con él —le espetó Maddy—. ¡Te he oído!

—¡Cállate! —gritó Becka—. ¡Papá, dile que se calle o le corto la serpiente por la mitad con unas tijeras!

—¡Papá! ¡Dile que no corte a Ka con las tijeras!

Grant dejó escapar un suspiro. Nada mejor que una disputa familiar para olvidarse de Jenna.

—Maddy, pídele perdón a Becka por lo que has dicho en el autobús. Eso no ha estado bien.

—Pero papá...

—Pídele perdón. Y tú, dale su serpiente.

—¡Perdón! —gritó Maddy, con una expresión muy poco entristecida.

Becka le tiró la serpiente a la cara y la

niña salió corriendo por el pasillo.

—¿Dónde está Hannah? —suspiró Grant.

—Hablando por teléfono, como siempre —contestó Becka.

Cuando estaba llenando una cacerola de agua para cocer espagueti Hannah entró en la cocina, con el inalámbrico en la mano.

—Hola, papá.

—Hola. ¿Qué tal en el instituto?

Su hija se apoyó en el quicio de la puerta, como siempre.

—Bien. Tenemos que comprar más libros.

Grant se secó las manos, pensativo. Debía pedirle a Hannah que se quedara cuidando de las pequeñas el viernes. Y cuanto antes se lo dijera, mejor. Pero no sabía cómo sacar el tema.

—Hannah... ¿tienes algún plan para el viernes?

—Claro. Ir al cine.

—¿Cómo? —exclamó él, sorprendido.

—¿No te acuerdas que vas a llevarnos al cine?

—¿Este viernes?

—Papá, prometiste llevarme a mí y a mis amigas a ver la última película de Brad Pitt.

Era verdad. Se lo había prometido. Tendría que llamar a Jenna para cancelar la cita.

El problema era que no le apetecía hacerlo.

Pero no podía poner su vida personal por delante de sus hijas. Tenía una obligación para con ellas.

Por eso, salir con Jenna era absurdo. No tenía tiempo para salir ni con ella ni con nadie. Estaba demasiado ocupado, tenía demasiadas obligaciones.

Grant sacó una fiambrera con una etiqueta que decía: *Salsa de tomate. 09/01.*

—Echa la salsa en una cacerola, Hannah. Tengo que hacer una llamada.

Su hija lo miró con expresión suspicaz, pero no dijo nada.

Suspirando, Grant fue al salón y marcó el número de Jenna. En cierto modo se sentía aliviado. Quería volver a salir con ella. Le gustaba, pero la verdad era que le daba miedo. Todos aquellos sentimientos... lo asustaban.

—Dígame —escuchó una voz familiar al otro lado del hilo.

—Hola, Amy. Soy Grant.

—Hola, Grant. Jenna y yo estamos haciendo murciélagos de papel.

—Qué bien. ¿Puedo hablar con ella?

—Sí.

Amy soltó el teléfono de golpe y llamó a gritos a su hermana.

—Hola, Grant.

Él se puso de espaldas a la puerta para que Hannah no pudiera oír la conversación.

—Oye, mira, sobre lo del viernes...

—Una película estaría bien. Pero también estaría bien ir a cenar. Solos.

Oh, no. Estaba diciendo claramente que quería estar a solas con él. Grant decidió entonces que no iba a cancelar la cita.

—Mira, es que... Le prometí a Hannah y sus amigas llevarlas al cine el viernes y se me había olvidado.

—O sea, que me dejas por un montón de adolescentes.

—Me temo que sí —sonrió Grant.

—¿O es que no quieres salir conmigo?

—Claro que quiero. ¿Qué tal el sábado? No, espera, el sábado tampoco puedo. Tengo una reunión con la comunidad para recaudar fondos. Ya sabes que estamos intentando conseguir dinero para los columpios del parque.

—Vale, si el sábado no puede ser, ¿por qué no vamos al cine el viernes? ¿Es una película que Amy puede ver?

—Sí, es una de Brad Pitt.

—Ah, entonces estupendo —rio Jenna—. Nos encontraremos en el cine.

—¿De verdad no te importa?

Al otro lado del hilo hubo un largo silencio. Tan largo que Grant temió que hubiera cambiado de opinión.

—No me importa. Quiero verte el viernes por la noche —dijo ella en voz baja. Con un tono tan sexy que lo hizo sudar—. Te acepto como eres, Grant. Tienes tres hijas y te toca apechugar.

La voz de Jenna era tan sexy por teléfono... ¿Siempre fue así? ¿Cómo no se había dado cuenta antes?

—Muy bien. Entonces, nos vemos el viernes a las siete en el cine de la avenida.

—De acuerdo.

—Tengo que dejarte. Estoy haciendo espagueti —dijo Grant entonces.

Cuando colgó, se quedó mirando el teléfono durante unos segundos.

—¡Papá tiene otra cita! —empezó a cantar Hannah desde el pasillo—. ¡Papá tiene otra cita!

Él se dio la vuelta, colorado como un tomate. Y, por supuesto, allí estaba Hannah, apoyada en el quicio de la puerta.

—Era una conversación privada.

Con toda tranquilidad, su hija entró en el salón y lo miró a los ojos.

—Era la tía Jenna, ¿verdad? Y vas a llevarla al cine a ver la peli de Brad Pitt.

—Voy a llevarte a ti y a tus amigas. Jenna y Amy nos acompañarán. Eso es todo.

—Lo sabía —exclamó Hannah entonces—. Sabía que os entenderíais.

—Somos amigos desde hace años, hija.

—Sí, sí. Amigos...

Grant estaba por completo avergonzado. No sabía si podía lidiar con una adolescente... y con una inseguridad por completo adolescente en sí mismo.

Iba a negar las insinuaciones de Hannah, pero había jurado ser siempre sincero con sus hijas y no podía alterar ese juramento solo porque lo hacía sentir incómodo.

—¿Te molesta que salga con la tía Jenna?

—Papá, cálmate. Vais a ver una película con Amy y Becka entre los dos. No estamos hablando de sexo.

Aquella vez, Grant se puso colorado hasta la raíz del pelo.

—Hannah...

—No pasa nada. Me alegro por ti, papá. Por cierto, los espagueti ya casi están —lo interrumpió su impertinente hija—. Si vas a cambiarte antes de la cena, hazlo rápido.

Él se quedó en medio del salón, aturdido. De repente, todo estaba cambiando en su vida. Y Hannah se portaba de una forma tan madura...

Desde luego, aquel asunto con Jenna estaba poniendo su mundo patas arriba.

Aunque quizá eso era bueno.

Capítulo seis

Qué película más molona —exclamó Hannah, cuando salían del cine.

—Brad Pitt está guapísimo —rio su amiga Missy.

—Para comérselo —asintió Julie.

Las tres amigas salieron corriendo hacia el aparcamiento, con Becka, Maddy y Amy detrás.

—¿Qué te ha parecido? —preguntó Grant.

Jenna se encogió de hombros. Lo había pasado muy bien. Estar con Grant la hacía... feliz. Esa idea la asustaba y la emocionaba a la vez. Sabía que no saldría nada serio de aquella relación, pero estaba contenta.

—Brad Pitt está guapísimo —dijo, imitando el tono de Missy.

—¿Te gusta Brad Pitt? —rio Grant.

—La verdad es que no. Prefiero a los hombres que son un poco más... sutiles respecto a su masculinidad.

—Entonces, ¿tu tipo de hombre no tiene que saltar de edificios en llamas ni conducir a trescientos por hora?

Jenna sonrió. Le gustaba charlar con él.

Sobre todo, cuando estaban... prácticamente tonteando. Y había pasado mucho tiempo desde la última vez que tonteó con alguien.

—Mi héroe sabe cocinar, pasar la fregona y ayudar a los niños con los deberes, todo al mismo tiempo.

—Yo puedo hacer todo eso —rio Grant.

—Lo sé.

—¡Vaya!

—Perdona. No quería... —empezó a tartamudear Jenna, repentinamente tímida.

—¿No querías qué? —la interrumpió él, tomando su mano—. ¿Lamentas decirme la cosa más bonita que me ha dicho nadie en mucho tiempo?

—No. Lo he dicho de verdad. Lo que pasa es que... Esto no se me da nada bien, Grant. Soy demasiado mayor para salir con alguien. No sé qué decir, ni qué... Bueno, ya me entiendes.

Grant se detuvo en medio de la acera. Oían el ruido de los coches y veían las luces en el aparcamiento, pero Jenna sentía que estaban completamente solos.

—Te entiendo —dijo él entonces, apretando su mano.

La miraba a los ojos como si quisiera besarla. Y Jenna quería que la besara. Pero, ¿y si lo hacía? Había pasado tanto tiempo desde que besó a un hombre que seguramente no recordaría cómo hacerlo.

—Grant...

—Jenna —murmuró él, con voz ronca—. Quiero besarte. Pero...

—¿Pero qué?

¿No podía hacerlo? ¿Era por Ally?

—Es que... ¿y si no sé cómo hacerlo? —rio Grant, nervioso—. Ha pasado tanto tiempo desde la última vez que besé a una mujer...

Esas palabras derritieron su corazón. Parecía tan asustado como ella. Jenna se puso de puntillas y lentamente, sin dejar de mirarlo a los ojos, le ofreció sus labios.

Grant la besó entonces, dubitativo, como si no estuviera seguro del procedimiento.

Pero el olor de su colonia, su altura, su proximidad... la aturdían. Estaban tan cerca que sus alientos se mezclaban.

Jenna estaba nerviosa. ¿De verdad habían pasado cuatro años desde la última vez que besó a un hombre?

—Deseaba tanto besarte... —murmuró él, rodeando su cintura con los brazos.

Al notar su lengua, se alegró de que la estuviera sujetando porque se habría caído al suelo. Grant sabía de maravilla. Mucho mejor que el champán y las fresas.

Estaba completamente abrumada por el sabor de su boca, por la fuerza del abrazo, por su olor.

Por fin se apartaron, jadeando. Y nada era lo mismo que un minuto antes. Era como si el mundo hubiera girado al revés.

—Vaya —murmuró.

—Vaya —repitió él.

—¡Papá! —oyeron gritar a Becka—. ¡Hannah dice que soy un gusano!

Grant dio un paso atrás. Parecía muy nervioso.

—Vamos, gusano de mi corazón —dijo, tomando a su hija de la mano.

—¡No me llames gusano, papá!

Jenna tomó la mano de Grant y él sonrió. Estaba nerviosa, agitada, deseando otro beso...

¿Quién habría pensado que el tranquilo y organizado Grant Monroe podría besar de esa forma?

Al día siguiente, Jenna estaba en la puerta de la bolera esperando a su hermana. Todos los sábados, Amy iba a jugar a los bolos con sus amigos, vigilados por varias personas de la parroquia. Jenna miró su reloj. Eran las nueve, de modo que estaría a punto de salir.

Su móvil sonó en ese momento y cuando vio el número que aparecía en la pantalla tuvo que sonreír. Era Grant.

La había llamada tres veces aquel día.

La primera, para darle las gracias por ir al cine con él el día anterior. La siguiente, para preguntar si era la época de cortar los aligustres... una excusa poco sólida. La última, para preguntar si podía echar pimientos rojos en lugar de verdes al pisto. Una excusa nada plausible, porque Grant cocinaba mucho mejor que ella.

—Dígame.

—Hola —la saludó él, con aquella voz tan ronca y tan sexy—. ¿Qué haces?

—Estoy en el coche, esperando a Amy. Hoy han empezado la partida de bolos a las siete en lugar de a las cuatro.

—He llamado a tu casa y como no contestabas...

—¿Has dejado un mensaje obsceno en mi contestador? —bromeó Jenna.

—Lo he intentado, no te creas. He llamado dos veces, pero no se me ocurría nada.

Jenna sonrió. Aquella confesión era más tierna que cualquier mensaje.

—¿Querías algo?

—No, nada. No se me ocurren más excusas.

—Me alegro —rio ella—. ¿Por qué hablas tan bajito?

Se alegraba de que Amy saliera tarde. Se alegraba de estar «a solas» con Grant.

—Porque estoy escondido.

—¿Escondido?

—En el salón. Las niñas están en la cocina.

—¿Y te escondes de ellas?

—Es que, como siempre estoy regañando a Hannah porque se pasa la vida hablando por teléfono...

Jenna soltó una carcajada.

—Todo esto es nuevo para ellas, ¿verdad?

—Desde luego.

—Deberíamos darles tiempo para que se acostumbren a vernos juntos.

—Bueno, tengo que irme. Están discutiendo sobre a quién le toca pasar la fregona.

—Vale. Oye, Grant...

—¿Sí?

—Me alegro de que hayas llamado.

—Yo también. Nos vemos mañana en la iglesia.

—Hasta mañana.

Sonriendo, guardó el móvil en el bolso y volvió a mirar el reloj. Eran las nueve y diez. ¿Dónde estaba Amy?

Quizá estaba esperándola dentro, pensó. O quizá había ido al cuarto de baño.

Jenna salió del coche y se dirigió a la bolera. Entonces se fijó en una pareja que estaba besándose en la puerta. Solo podía ver la chaqueta vaquera del chico, que la tenía prácticamente aplastada contra la pared. Eso le recordó el beso de la noche anterior. Desde luego, Grant y ella se habían portado como dos adolescentes.

Cuando iba a entrar, vio con el rabillo del ojo la camiseta de la chica. Era de color frambuesa...

—¡Amy Cartwright!

El joven se apartó, asustado.

—Hola, Jenna. No sabía que estabas aquí —dijo su hermana, tan tranquila.

—¿No sabías que estaba aquí? Amy, llevo veinte minutos esperando en el coche. ¿Qué estás haciendo?

—Nada malo.

Jenna miró entonces al chico. ¡Al chico que estaba besando a su hermana! ¿Cómo se atrevía? Estaba dispuesta a llamar a la policía si era preciso.

—¿Quién eres tú? ¿Y qué estabas haciendo con mi hermana?

—Es mi amigo Jeffrey —lo presentó Amy con una sonrisa—. A él también le gusta jugar a los bolos.

Jenna se percató entonces de que también él tenía síndrome de Down.

Jenna había estudiado tanto el tema que reconocía los rasgos inmediatamente. Evidentemente, Jeffrey debía formar parte del grupo de la parroquia.

—Jeffrey... ¿han venido tus padres a buscarte?

—Mi hermano —contestó el chico—. Tiene un jeep azul oscuro, con motor de ciento cincuenta caballos.

—Jeffrey sabe mucho de coches.

—Y de camiones. También me gustan los camiones.

Jenna tomó a su hermana de la mano.

—Vámonos.

—Hasta el sábado, Jeffrey —se despidió Amy.

—Hasta el sábado.

Mientras su hermana se ponía el cinturón de seguridad, Jenna intentaba meter la llave en el contacto, nerviosa.

En el pasado había tenido que enfrentarse con muchos problemas: cuando Amy tuvo la regla por primera vez, cuando quiso empezar a trabajar...

Pero nunca se le había ocurrido pensar en los chicos. No, Jeffrey no era un chico, era un hombre. Debía tener al menos veinticinco años. Quizá más. Jenna nunca había pensado que un hombre pudiera sentirse atraído por Amy porque la veía como una niña.

—Estás enfadada conmigo —dijo su hermana.

—No estoy enfadada.

Pero no era cierto. Estaba enfadada, muy

enfadada. Y asustada. Amy no sabía nada sobre los hombres. No era capaz de mantener una relación amorosa. Ese Jeffrey estaba aprovechándose de su inocencia.

—Sí lo estás.

—¿Qué estabas haciendo con Jeffrey?

—Dándole un beso.

—No deberías haberlo besado.

—¿Por qué no?

—Pues... porque no.

—Es mi amigo —se defendió Amy.

—No se besa a los amigos en la boca, cariño.

Habían hablado de aquello varias veces. Uno de los rasgos de las personas con síndrome de Down es que son muy afectuosas. Jenna había tenido que explicarle a su hermana que ser demasiado afectuoso a veces provoca incomodidad en los demás y Amy conocía las reglas. Y aunque siempre estaba abrazando a la gente, sabía dónde estaban los límites.

Hasta aquella noche.

Volvieron a casa en silencio y en cuanto detuvo el coche, Amy salió corriendo, como siempre.

—¡Solo le estaba dando un beso de despedida! ¡Y pienso besarlo cuando quiera! —le gritó, antes de encerrarse en su dormitorio.

Jenna se quedó inmóvil en el pasillo. No

sabía qué hacer. Amy jamás le había gritado. Jamás había dado un portazo.

Debía hablar con ella, pero decidió que no era el momento. Su puerta estaba cerrada y tenían el acuerdo de no molestarse la una a la otra cuando la puerta del dormitorio estaba cerrada.

Todo el mundo tiene derecho a estar a solas.

Jenna estuvo un rato mirando el teléfono y por fin, a las diez, marcó el número de Grant.

—Hola, soy yo.

—¿Te pasa algo?

Jenna se pasó la mano por los ojos. Estaba exagerando, solo había sido una tonta discusión. Hablaría con Amy al día siguiente para explicarle el asunto. Además, con solo oír la voz de Grant se sentía mejor.

—He discutido con Amy. No sobre la ducha o sobre cambiarse de calcetines —dijo, respirando profundamente—. Grant, la he pillado besándose con un hombre.

—¿Tú crees que estaba aprovechándose de ella?

—Pues claro que sí —exclamó ella—. Amy no entiende dónde puede llevarla un beso.

—Jenna, no pasa nada. Cálmate.

—¡Estoy calmada! No, no estoy calmada, ¿verdad?

—Me parece que no.

Estaba a punto de llorar y eso la sorprendía.

—No creo que estuviera aprovechándose de ella. Es un chico con síndrome de Down y Amy estaba sonriendo de oreja a oreja cuando los pillé.

—Ya veo —murmuró Grant—. Amy es una chica joven. ¿A cuántos chicos habías besado tú a su edad?

—No es lo mismo y tú lo sabes. Y sabes por qué estoy preocupada —suspiró Jenna—. Ya conoces a Amy. Sabes lo que puede y no puede entender.

—Entiendo que estés preocupada. Y entiendo que quieras vigilarla, pero no creo que un beso le haga daño. Tiene derecho a vivir. Tiene derecho a disfrutar de todo lo que la vida le ofrezca, igual que tú y yo.

—Pero no quiero que le hagan daño. No quiero que nadie se aproveche de Amy.

—Claro que no. Habla con ella y con ese chico. A ver qué piensan.

—Nunca se me había ocurrido que esto podría pasar.

Grant sonrió.

—La has animado para que sea independiente. El trabajo en el colegio, hacer sus cosas en casa... Es natural que quiera tener sus propios amigos.

—Amigos, sí. Novios, no —susurró Jenna.

—No va a pasar nada, ya lo verás.

Ella se mordió los labios. El salón estaba a oscuras y oír la voz de Grant era como tenerlo a su lado... o casi. Ojalá estuviera con ella, ojalá pudiera apoyar la cabeza sobre su pecho.

El beso la había dejado muy alterada. ¿Qué pasaría después? ¿Qué querría hacer Amy que, por edad, era una persona adulta?

—¿Tú crees?

—Estoy seguro.

—Gracias —sonrió Jenna.

—De nada, tonta.

Se quedaron en silencio. Ninguno de los dos parecía quería colgar, aunque evidentemente la conversación había terminado.

—Bueno, tengo que dejarte. Es tarde.

—Hablaremos mañana. Jenna...

—¿Sí?

—Me alegro de que hayas llamado —mur muró Grant—. Me alegro de que me pidas consejo.

Aquellas palabras no eran tan bonitas como un beso... pero casi.

Capítulo siete

Grant aparcó frente a la casa de Jenna y giró la cabeza para mirar a sus hijas.

—Enseguida vuelvo.

Becka ni siquiera levantó la mirada de la *Gameboy*. Maddy le mostró un gorila vendado hasta las cejas.

—Date prisa, papá. No quiero que otra persona se lleve las mejores calabazas.

—Hay muchas calabazas, Maddy. No te preocupes.

Grant llamó a la puerta y entró sin esperar respuesta.

—¿Eres tú, Grant? —escuchó la voz de Jenna desde el cuarto de baño.

—No, soy el hombre del saco.

Ella asomó la cabeza, envuelta en una toalla.

—Salgo enseguida. ¡Amy, date prisa! ¡Vamos a buscar calabazas para Halloween!

Grant miró su reloj. Las doce en punto. Le había dicho que iría a buscarla a las doce pero, por supuesto, no estaba lista. Nunca estaba lista.

Su falta de puntualidad lo volvía loco.

Entonces miró el salón. Había papeles por todas partes, cuadernos, periódicos... una camiseta en el sofá, dos tazas de té sobre la mesa. Y un sujetador de color lila en el suelo.

Su desorden también lo volvía loco.

Suspirando, Grant tomó las dos tazas de té para llevarlas al fregadero... que estaba lleno de platos sucios.

Llevaban un mes saliendo y le gustaba mucho Jenna. Era generosa, simpática y divertida. Pero un desastre. Nunca hasta entonces se había dado cuenta de lo desordenada que era.

—Hola, Grant —lo saludó Amy—. Te espero en el coche.

—Muy bien —murmuró él, distraído.

Había sido muy feliz durante aquel mes. Pero empezaba a preguntarse dónde iba a llevarlos aquella relación.

Grant pensó en su mujer y en la cinta. Ally quería que se casara con Jenna.

¿Casarse con Jenna? ¿Cómo podía casarse con una mujer que tenía el fregadero lleno de platos sucios?

¿Cómo podía casarse con una mujer que dejaba los sujetadores tirados en el suelo del salón?

Pero entonces recordó sus besos. Eran pocos y, normalmente, robados por los pasillos o después de una cita en la que, casi siempre, estaban incluidas las niñas. Pero sus besos lo hacían sentir vivo. Su piel, su voz... lo hacían sentir que tenía otro propósito en la vida, además de cuidar de sus hijas y dirigir el colegio. Sus besos lo hacían sentir parte del mundo. Como si hubiera un sitio para él. Lo hacían sentir amado por una mujer.

Sorprendido al pensar en la palabra «amor», Grant tomó el sujetador del sofá para llevarlo al cesto de la ropa sucia.

Que estaba hasta arriba.

—¿Necesitas algo?

Él se volvió, con el sujetador en la mano. Una talla noventa, seguro.

Jenna lo miró, sonriendo, y Grant se puso colorado. Él compraba sujetadores para Hannah e incluso había ayudado a Becka a ponerse el primero unos meses antes.

Pero aquel era «otro» tipo de sujetador.

—Estaba... arreglando esto un poco —explicó, aclarándose la garganta.

Ella soltó una risita.

—Dame eso —dijo, acercándose para darle un beso en los labios.

Fue un beso rápido porque las niñas esperaban en el coche. Además, la última vez que se besaron... les costó mucho separarse. Grant ya no estaba satisfecho solo con besarla. Quería tocarla. Cuando la besaba, quería acariciar sus pechos, quería acariciar...

—¿Nos vamos?

—Vámonos —contestó Jenna, tirando el sujetador sobre el sofá.

Grant sacudió la cabeza. Sabía que ella no dejaría de ser desordenada, como él no podría dejar de ser compulsivamente organizado. Si algo había aprendido en cuarenta años es que hay que aceptar a la gente como es y no intentar cambiarla.

Becka, Amy y Maddy salieron corriendo del coche al llegar a la huerta. Ir a la huerta de Albert para comprar calabazas era una tradición familiar desde que Hannah se puso su primer disfraz de Halloween.

—Esta es la primera vez que vengo sin Hannah —murmuró Grant, sonriendo con cierta tristeza.

Jenna tomó su mano y caminaron despacio, como un matrimonio dando un paseo el sábado por la tarde.

—¿Está con su novio otra vez?

Él asintió.

—Mark y ella están «estudiando» porque tienen un examen de historia el lunes.

—¿Crees que hacen algo más que estudiar?

Grant se encogió de hombros.

—No quiero ni pensar en ello. La idea de que un chico bese a mi hija...

Jenna soltó una carcajada.

—Es su primer novio, Grant. Y ese es un momento muy emocionante en la vida.

—Anoche me informó de que están saliendo juntos. Yo le pregunté dónde «salían» y ella me miró con cara de asco.

—No pasa nada, hombre. Sabes que es una chica muy sensata.

—Lo sé, tienes razón. Pero me preocupa de todas formas. Hace un mes estaba llorando porque creía que nunca iba a gustarle a nadie y ahora se pasa el día con ese chico.

—¡Papá! ¿Qué te parece esta? —gritó Maddy, sentada sobre una calabaza más grande que ella.

—No cabe en el coche. Busca una más pequeña.

—¡A mí me gustan grandes!

—Maddy...

Grant se volvió entonces hacia Jenna. Le gustaba tener a alguien con quien poder hablar de sus hijas. Le gustaba poder confiar en ella y en su buen juicio.

—¿Sabes que Hannah va ir al baile de Navidad con Mark?

—Sí, me lo ha contado. Quiere que vaya con ella a comprarse un vestido largo. Su primer vestido largo, Grant.

Él dejó escapar un suspiro.

—Crecen muy rápido.

—Ayer dijiste que crecían muy despacio —sonrió Jenna.

—Porque Maddy atascó el fregadero con vendas.

Ella apoyó la cabeza sobre su hombro, sonriendo. Y de, repente, Grant volvió a pensar en la palabra «amor». ¿Estaba enamorado de ella? ¿Podía enamorarse un hombre de cuarenta años? Era muy diferente de lo que sintió por Ally en la universidad. Y más tarde, cuando se casaron.

¿Podía confiar en sí mismo, en su buen criterio, con respecto a Jenna?

¿Podía alguien enamorarse dos veces?

Amy llegó corriendo a su lado.

—¿Puedo usar una carretilla roja para llevar mi calabaza, Jenna?

—Claro —contestó ella—. Están allí, apoyados en el granero. ¿Los ves?

Su hermana salió a la carrera en dirección al granero.

—¿Y tú hablas de preocupaciones? Yo pensaba que lo de Jeffrey se le pasaría.

—¿Y no es así?

Jenna se paró en medio del camino, observando una calabaza. Mientras Grant hacía los típicos agujeros para los ojos y la boca, ella era famosa en el colegio por hacer las calabazas más imaginativas, en forma de duende, de bruja...

—Está cada vez peor. Dice que Jeffrey es su novio y no deja de hablar de la residencia Logan.

—¿Qué es eso?

—Una residencia para personas con síndrome de Down. Ahí es donde vive Jeffrey.

—¿La conoces? —le preguntó Grant.

—No. Nunca he querido recluir a mi hermana —contestó ella, sin mirarlo—. Se lo prometí a mi madre y...

—Tranquila, tranquila. No quería decir nada. Lo estás haciendo muy bien, Jenna. Eres una hermana maravillosa para Amy.

—¿Sabes lo que me dijo el otro día? Que necesitaba unas vacaciones.

—¿Unas vacaciones?

—Jeffrey y sus amigos van a pasar un fin de semana en Virginia. Sin padres, solo con un cuidador de la residencia. Y Amy quiere ir con ellos.

—Jenna, no puedes enfadarte porque desee cierta independencia —sonrió Grant—. Es lo que tú querías, ¿no? Que pudiera valerse por sí misma.

Jenna se miró las zapatillas de deporte.

—Supongo que tienes razón. Pero un novio... No sé qué hacer. Amy no puede

tener novio. Al menos, yo no creo que...
¿Cómo podría explicarle el asunto del sexo?
Ni siquiera sabe lo que es.

Grant la tomó entre sus brazos para consolarla.

—No te preocupes.

—¿Cómo que no...?

—Tú acabas de decir que no me preocupe por Hannah. Pues yo no creo que tú debas preocuparte por Amy. No hará nada inapropiado porque la has educado muy bien.

Jenna dejó escapar un suspiro.

—No es lo mismo, Grant. Hannah no es Amy y tú lo sabes.

Él apartó un rizo de su cara, deseando estar a solas, deseando poder borrar con sus labios aquel gesto de preocupación.

—Yo creo que Amy es más lista de lo que tú crees.

—Eso espero —suspiró ella—. ¿Buscamos una calabaza o no?

—Muy bien. Vamos a buscar una calabaza.

Jenna apartó la cortina del salón al ver los faros del coche de Grant.

No habían tenido un solo momento de intimidad desde Halloween y fue ella misma quien sugirió que dieran un paseo por la

playa esa noche, aprovechando que todavía hacía buen tiempo a pesar de estar en el mes de noviembre.

Hannah se había quedado cuidando de las pequeñas y Amy estaba con la señora Cannon, de modo que tenían una hora.

Jenna soltó la cortina y se acercó a la mesita para colocar las revistas. Sabía que Grant se ponía malo cada vez que veía el desorden de su casa e intentaba arreglarla todo lo que podía. Pero no debía molestarlo mucho si seguían saliendo juntos, pensó.

Durante semanas había dejado que aquella relación siguiera su curso sin pensar dónde iba a llevarlos. Y Grant evitaba el tema tanto como ella. Pero en algún momento tendrían que hablar del futuro.

¿Qué quería Grant, además de compañía y un beso de vez en cuando? ¿Qué quería ella? Una vez quiso un marido y una familia. Pero después de Paul, había abandonado la idea. Y tenía casi cuarenta años.

¿Seguía soñando con un matrimonio, una familia? ¿De verdad pensaba que Grant iba a pedirle que se casara con él?

No podría decir que sí. Daba igual lo que sintiera. Daba igual que estuviera enamorada como una cría. Había demasiados cosas en contra. Mezclar dos familias es algo muy difícil, pero con Amy... Amy que últimamente estaba muy rara y discutía por todo.

Casarse con Grant era sencillamente imposible. No podía obligarlo a cargar con Amy. No podía obligar a sus hijas a cargar con Amy, que sería una niña para toda la vida.

Debía poner fin a aquella relación, pensaba. Debía decirle que el asunto empezaba a ser demasiado peligroso, que no quería hacerle daño y era mejor separarse.

Entonces oyó la puerta del coche.

Por supuesto, no le diría que estaba enamorada de él. Solo le diría que eran muy buenos amigos y quería mantener esa amistad.

Grant llamó a la puerta y entró sin esperar, como siempre.

—¿Jenna?

—Estoy aquí.

Él apareció en la puerta del salón, sonriendo.

—¿Vamos a dar un paseo? He traído una toalla, por si queremos sentarnos en la arena —le dijo, con esa voz ronca, tan sexy.

Una voz que a Jenna le daba escalofríos.

—Claro.

Se lo diría después del paseo, pensó.

—¿Las niñas están en la cama?

—Sí —contestó Grant, tomando su mano.

—¿Hannah ha encontrado los vaqueros

que había perdido?

—En casa de una amiga.

—Ah, claro —asintió Jenna.

Hacía una noche preciosa y las olas llegaban a la playa con un ruido mecánico, tranquilizador.

—Pero he venido para dar un paseo contigo. No para seguir hablando de las niñas —sonrió Grant entonces—. Quería estar a solas contigo.

—Yo... también estaba deseando estar a solas contigo. No es que no quiera a tus hijas, pero...

—Pero sería maravilloso tener una vida aparte de las niñas, de Amy, del colegio...

Sus palabras parecían extrañamente fatídicas. Pero Jenna tuvo miedo de preguntar. Aunque aquella era una oportunidad excelente para decirle lo que había ensayado en el salón.

Pero era una noche demasiado perfecta, con la brisa moviendo su pelo y Grant tan alto, tan cariñoso...

—¿Quieres que nos sentemos un rato para ver las olas?

Ella asintió y Grant colocó la toalla sobre la arena. Una vez sentados, le pasó un brazo por la cintura.

—Me gusta el mar de noche. Es precioso.

—Como tú.

El cumplido la pilló por sorpresa.

—Grant...

Tenía que decírselo. Era el momento. Pero cuando se volvió para mirarlo, en sus ojos había un brillo de deseo imposible de disimular. E imposible era no corresponder. Solo un beso, se dijo.

—Jenna...

Ella enredó los brazos alrededor de su cuello y se derritió mientras la besaba. Sin darse cuenta de lo que hacían, fueron deslizándose sobre la toalla hasta quedar tumbados

Él rozó sus pechos y Jenna dejó escapar un gemido. Grant la besó entonces con la boca abierta, hambriento. Ninguno de los dos parecía poder apartarse del otro.

Grant volvió a acariciar sus pechos y ella volvió a gemir. Bajo la tela del chándal podía sentir que sus pezones se endurecían y se apretó contra él, buscando la dureza del torso masculino en contraste con sus suaves curvas.

De repente, Grant se incorporó.

—Jenna... —jadeó, nervioso—. Perdona, lo siento.

Ella se sentó, soltando una risita nerviosa.

—No pasa nada.

—Yo no quería...

—No pasa nada. De verdad... yo quería que me tocases —le confesó Jenna por fin.

Grant se levantó, ofreciéndole su mano.

—La próxima vez que salgamos de paseo, deberíamos llevar carabina.

Caminaron de la mano por la arena y cuando estaban llegando a casa vieron dos figuras en la puerta.

—¿Qué demonios...?

Eran dos personas abrazándose.

Jenna reconoció a una de ellas. Era una chica llenita. Y también reconoció la chaqueta vaquera.

Entonces soltó la mano de Grant y salió corriendo.

—¡Amy Marie Cartwright!

Capítulo ocho

Jenna apartó a Amy de un tirón. —¿Qué haces aquí, Jenna? Creí que habías salido a dar un paseo —dijo su hermana, sin parecer en absoluto arrepentida.

—¿Qué estás haciendo tú? —le espetó ella.

—Solo estaba dándole un beso a Jeffrey.

Jenna hubiera querido regañarla, hubiera querido apartar a Jeffrey de un empujón, pero respiró profundamente para calmarse. Afortunadamente, había llegado a tiempo.

—Jeffrey, ¿qué haces aquí a estas horas?

—He venido... para ver a Amy, señorita Cartwright.

Jenna miró a su hermana.

—Deberías estar en casa de la señora Cannon.

Amy empezó a restregarse las manos, nerviosa.

—Le conté una mentira —confesó—. Le dije que te había visto por la ventana y que me iba a casa.

Era la primera vez que Amy decía una mentira. Evidentemente, aquello era algo planeado por ella y por Jeffrey para estar solos.

—Vamos a casa —sugirió Grant.

Jenna se apartó el pelo de la cara, nerviosa.

—Jeffrey, ¿cómo has llegado hasta aquí? ¿Te ha traído tu hermano?

El chico negó con la cabeza.

—He venido andando, señorita Cartwright.

—¿Por la autopista? —preguntó ella, sorprendida.

Era una autopista de seis carriles y cruzarla a pie era extremadamente peligroso.

Jeffrey agachó la cabeza.

—Sí.

—¿Alguien sabe que estás aquí? —persistió Jenna. El chico no respondió—. Bueno, vamos a entrar. ¿Sabes el teléfono de la residencia Logan? Podemos llamar para que vengan a buscarte.

—Sé el número de memoria.

Cuando entraron en la casa, Jeffrey seguía sin mirarla.

—¿Quieres que llame yo o llamas tú?

—Lo haré yo.

Jenna le dio el inalámbrico y después se dejó llevar por Grant a la cocina.

—¿Estás bien?

—No.

—Cálmate, cielo.

Cielo. Era la primera vez que la llamaba así.

Aquella noche habían estado a punto de cruzar la línea entre los besos y... algo más que los besos. Jenna quería romper la relación y, sin embargo, había terminado tumbada en la arena con él.

¿Qué iba a hacer? Estaba enamorada de Grant. Era así de simple. Lo quería y no sabía qué hacer.

Y, además, el problema con Amy...

Jeffrey entró en la cocina entonces, con el teléfono en la mano.

—Gracias, señorita Cartwright. La señora Madison llegará en diez minutos —dijo, contrito.

—Muy bien. ¿Por qué no la esperas en el salón, con Amy?

Cuando el chico salió de la cocina, Jenna se volvió hacia Grant.

—Oye...

—Tengo que irme. Le dije a Hannah que no llegaría tarde. A menos que me necesites, claro.

Lo necesitaba. Pero era mejor que se marchase. No debía quedarse a solas con él aquella noche.

—Adiós —se despidió Jenna, poniéndose de puntillas para darle un beso en la mejilla.

Pero él volvió la cara para besarla en los labios.

Fue un beso fugaz, pero el calor de su boca la excitó. Seguramente necesitaría darse una ducha fría para poder dormir.

—¿Quieres que te llame cuando llegue a casa? —le preguntó Grant.

—Sí, por favor.

Grant iba pensativo mientras se dirigía a su casa. No sabía qué le había pasado aquella noche, en la playa. Ally y él siempre tuvieron una buena relación sexual, pero no recordaba sentir... aquel ardor. Como si no pudiera dejar de tocarla, como si no pudiera apartarse por nada del mundo.

Quizá había sentido lo mismo por Ally al principio, pero no lo recordaba. Hannah nació casi inmediatamente y su relación cambió, se hizo más amistosa, más de colegas.

Al recordar a Ally, recordó la cinta. Si su relación con Jenna iba a seguir adelante, debía hablarle del vídeo.

Pero esa era la cuestión. ¿Su relación con Jenna iba a seguir adelante? ¿Estaba preparado para preguntarle a sus hijas si la aceptarían como madre?

Tenía que decidirse. Él no era el tipo de persona que se acuesta con cualquiera y Jenna tampoco. Si su relación seguía adelante, tenían que comprometerse el uno con el otro.

Grant pensó en lo que Ally había dicho en la cinta... Era asombroso. Era exactamente lo que estaba ocurriendo. Se preguntaba cómo podía haber sabido que iba a enamorarse de Jenna.

Eso lo hizo sonreír. Solo una mujer tan especial como Ally desearía que su marido volviera a enamorarse. Siempre supo que era especial, pero aquello la hacía más especial todavía.

Nunca olvidaría a su mujer. Siempre la tendría en su corazón.

Pero se había enamorado de Jenna. Y estaba seguro de que el sentimiento era mutuo. Quería pasar el resto de su vida con ella.

Quería pedirle que se casara con él.

Pero la idea lo hacía sentir un sudor frío. Era demasiado mayor para cortejos. Además, él no era un hombre romántico. Y, desde luego, no era Brad Pitt.

¿Y si Jenna le decía que no?

No lo sabría si no se lo preguntaba, claro. No tendrían oportunidad de vivir felices para siempre si no se arriesgaba a decir que la quería.

Cuando iba a aparcar en el garaje, se sorprendió al ver un coche frente a la casa. Y a Hannah, en el porche... besándose con un chico.

¡Besándose con su novio!

Grant pisó el freno y salió del coche como una fiera.

Los amantes se separaron inmediatamente al oír el ruido.

—Hola, papá —dijo Hannah, nerviosa.

Grant miró al joven, a quien ya había visto un par de veces. Mark se metió las manos en los bolsillos del pantalón y apartó la mirada.

Cobarde.

—¿Qué hacéis?

—Mark ha venido... para traerme un libro. Me lo dejé en su casa el otro día, cuando estábamos estudiando —intentó explicar su hija.

Grant miró a Mark con una expresión que decía: «Te he visto besar a mi hija y te la has cargado». Y el pobre chico se puso como un tomate.

—Me alegro mucho. Adiós, Mark.

Hannah entró corriendo en la casa y Grant apagó la luz del porche para que Mark se fuera dando golpes en las espinillas.

Él había encontrado el camino hasta los labios de Jenna en la oscuridad, de modo que...

Pero, ¿qué estaba pasando? Tanto beso aquella noche...

—Sé lo que estás pensando, papá, pero

solo ha venido para traerme el libro.

—Ya sabes que, si yo no estoy, no pueden entrar chicos en casa, Hannah.

—Mark no ha entrado, papá. Lo he recibido en el porche —replicó su hija.

Habían estado besándose. Su hija, que no había cumplido dieciséis años, besándose con un chico. Aunque a los cuarenta la gente también se besa en cuanto tiene oportunidad. Pero ver a aquel chico de vaqueros caídos besando a su niña...

Grant respiró profundamente.

—Vete a la cama, hija.

—No he hecho nada malo, papá. Solo ha sido un beso. Solo uno. Puedes preguntarle a la señora Bagley, que estaba mirándonos por la ventana.

—De acuerdo, Hannah. No pasa nada. Es que estoy sufriendo una crisis paternal. En mi opinión, las niñas de quince años no deberían besar a los chicos. Creces demasiado rápido, hija.

Ella lo miró como lo miraba cuando no entendía algo.

—¿De verdad no estás enfadado?

—No. Vete a la cama, anda.

Hannah lo miró con unos ojos de cachorrilla que le partían el corazón y Grant tuvo que darle un abrazo. Olía a laca y a brillo de labios, pero para él seguía oliendo a polvos de talco. Su Hannah, su primera niña... Se le hizo un nudo en la garganta.

—Te quiero mucho, papá —suspiró Hannah, antes de salir corriendo por la escalera.

—Yo también te quiero, *Hannah banana* —murmuró él.

Después, entró en la cocina y marcó el número de Jenna.

—Dígame.

—Soy yo —sonrió Grant, llevándose el teléfono al salón. A oscuras era como si Jenna estuviera a su lado—. ¿Jeffrey se ha ido?

—Acaban de venir a buscarlo. Se supone que no puede salir de la residencia sin avisar y, por supuesto, no puede cruzar la autopista.

—¿Cómo está Amy?

Ella dejó escapar un suspiro.

—Disgustada.

—¿Por lo que ha pasado o porque la has pillado?

—No lo sé. Y no sé si ella lo sabe.

—Por si te hace sentir un poco mejor, debe haber algo en el aire esta noche. Acabo de pillar a Hannah besándose en el porche con su novio.

—¿No me digas?

—Por lo visto, había venido a traerle un libro —explicó Grant.

—En fin... no creo que nosotros podamos

regañar a nadie esta noche —rio Jenna.

—Por cierto, ha sido precioso. Y me ha hecho pensar... Pero ya hablaremos de eso en otro momento.

No podía decírselo así. Debía planear el asunto cuidadosamente, comprar un anillo...

Cuando uno va a pedirle a una mujer que se case con él, debe tener un anillo de pedida.

—¿Las niñas están en la cama?

—Sí. Y yo también me voy a dormir. Solo quería darte las buenas noches.

—Buenas noches, Grant. Hasta mañana.

Grant colgó el teléfono y se quedó sentado en la oscuridad. Hablar con Jenna hacía que su pulso se acelerase. Estaba enamorado de ella.

La idea lo hizo sonreír. Tras la muerte de Ally, pensó que jamás volvería a ser feliz y sin embargo...

Entonces tomó la cinta para verla otra vez. Y para decirle adiós. Solo así podría aceptar a Jenna en su vida.

Con cierta tristeza, Grant pulsó el botón del vídeo. Y la cara sonriente de su mujer apareció en la pantalla.

Gracias a su dulce y sonriente Ally, la vida volvía a ser maravillosa.

Capítulo nueve

Jenna se estiró la falda, mirando el reloj. Eran las 8:58 y Grant llegaría en un minuto. Le había dicho que tenía que hablar con ella y nunca llegaba tarde.

Mientras esperaba, abrió la puerta del cuarto de Amy y la vio dormida bajo el edredón de *La Bella y la Bestia*. Era tan rica cuando dormía... Dormida no podía ver el gesto de enfado en su rostro. Un gesto de enfado que llevaba semanas repitiéndose.

Después de encontrarla con Jeffrey la semana anterior, Jenna llamó a la residencia Logan y le dejó claro a su directora que Jeffrey no podía aparecer en su casa sin avisar.

Amy había estado dos días sin dirigirle la palabra y ella intentó explicarle que lo hacía por su propio bien. Que podía ver a Jeffrey todos los sábados en la bolera si quería.

Pero a su hermana no le había hecho ninguna gracia.

Jenna cerró la puerta despacito para no despertarla. A partir de entonces, la pobre Amy vivía solo para el sábado.

Grant llamó a la puerta en ese momento y

Jenna lo recibió, nerviosa. Desde el incidente en la playa, cada vez que estaban a solas no sabía si podía confiar en sí misma.

—Hola —lo saludó, besándolo en la mejilla.

—Hola —sonrió Grant, dándole un besito en los labios.

—¿Quieres sentarte un rato? —preguntó Jenna, señalando el sofá.

—La verdad es que... —él miró hacia el porche—. Hace una noche preciosa y podríamos sentarnos en el jardín.

Jenna sonrió. Era un cielo. Sabía cómo le gustaba su jardín y cómo le gustaba compartirlo con los demás.

—Sí, claro. Voy por una chaqueta.

Cuando volvió al salón, Grant había desaparecido. Era raro porque siempre la esperaba. Pero actuaba de forma muy rara desde su cita en la playa. Parecía diferente, más alegre. Pero también más enigmático. Y eso despertaba su curiosidad.

Había estado tan preocupada por Amy y Jeffrey durante aquella semana que no tuvo mucho tiempo para pensar en él. ¿De qué quería hablar? ¿Qué era tan importante?

Cuando salió al porche, lo vio sentado en un banco. Estaba buscándose algo en los bolsillos, hablando consigo mismo. ¿Qué le pasaba a aquel hombre?

Jenna se llevó una mano a la boca. Grant, en su casa, por la noche, con traje y corbata. Había querido salir al jardín y estaba buscándose algo en los bolsillos...

¿No pensaría...?

De repente, no podía respirar.

Si ni siquiera le había dicho que la quería...

¿Iba a pedirle que se casara con él?

¿Y si era así, qué podría contestar? No quería hacerle daño, pero... ¿Podía casarse con él? ¿Sería justo para las niñas, para Amy?

—¡Jenna! —la llamó Grant entonces.

Ella quería salir corriendo, esconderse. Echarse en sus brazos.

—Ya voy.

—Siéntate conmigo. ¿Has visto cuántas estrellas?

Jenna no podía resistirse. ¿Cómo iba a hacerlo? ¿Qué mujer podría hacerlo?

—Se está muy bien aquí.

Grant empezó de nuevo a buscarse en los bolsillos.

—Jenna... —empezó a decir, más nervioso que nunca. Más nervioso que el día que se casó con Ally. Más nervioso que el día que nació Hannah—. Jenna, he ensayado esto varias veces y quiero decirte...

—Grant, yo...

—Por favor, deja que lo diga de un tirón antes de que se me olvide o... algo peor, antes de que me resbale del banco y me rompa la cabeza con una piedra... y tengas que llamar a una ambulancia.

Jenna soltó una carcajada.

—¿Qué dices, loco?

Por fin respiraba de nuevo. Estaba con Grant, el dulce Grant. El hombre del que estaba enamorada lo quisiera o no.

—He estado pensando mucho —dijo él entonces, tomando su mano.

Podía ver su rostro en sombras. Podía sentir aquella mano grande apretando la suya, el calor de su cuerpo, el calor de su corazón. Y podía oír el ruido de las olas golpeando contra la playa a unos metros de la casa.

—La cuestión es que... Estoy enamorado de ti.

A Jenna se le encogió el corazón. No podía ser. No podía arriesgarse a que le hicieran daño otra vez. Pero Grant había dicho que estaba enamorado de ella.

¡Estaba enamorado de ella!

—Grant...

—Y yo creo que tú también me quieres —siguió él—. Sé que no esperábamos que ocurriera esto, pero quiero pasar el resto de mi vida contigo. Yo... Jenna, ¿quieres casarte conmigo? ¿Quieres ser mi esposa? ¿Quieres ser la madre de mis hijas?

A ella se le hizo un nudo en la garganta. Y cuando miró los ojos azules del hombre supo que solo había una respuesta.

—Sí —contestó—. Te quiero mucho, Grant. Y quiero casarme contigo.

—Jenna... —suspiró él, abrazándola.

Después, volvió a buscarse en los bolsillos. Por fin, encontró lo que estaba buscando y le mostró una cajita de terciopelo.

—Encontré esto en un anticuario y me pareció perfecto.

Lo que había dentro dejó a Jenna sorprendida. Era un antiguo anillo de platino y diamantes. El más bonito que había visto en toda su vida.

—Es precioso...

—No tanto como tú —sonrió Grant, sacando el anillo de la caja para ponerlo en su dedo.

—Yo... no sé qué decir. Esto es tan inesperado. Nunca pensé que...

—Que ninguno de los dos podría volver a ser feliz, lo sé —terminó Grant la frase, emocionado—. Ninguno de los dos pensaba volver a enamorarse.

Jenna asintió, sabiendo que él la entendía. Había querido mucho a Paul y lo perdió como Grant perdió a Ally.

—Entonces, ¿te casarás conmigo?

Ella se miró el anillo, asintiendo frenéticamente. Era tan feliz que estaba a punto de estallar. Lo único que le importaba en aquel momento era que Grant la quería e iban a casarse.

—Me casaré contigo cuando quieras.

—¿Estás segura?

Jenna tiró de su corbata.

—Deja que te muestre lo segura que estoy.

Grant tomó su boca entonces, ansioso, sentándola sobre sus piernas. Y Jenna hubiera deseado que el beso no terminara nunca. Aquel beso hacía que su corazón latiera como loco, que se le fuera la cabeza...

—Jenna... Deberíamos casarnos enseguida.

—¿Tú crees?

—No sé cuánto tiempo voy a poder controlarme. Te deseo tanto, deseo tanto hacer el amor contigo...

—Deberíamos casarnos cuanto antes... por las niñas —dijo Jenna entonces. Aunque hubiera sido tan fácil entrar en la casa, meterse en su habitación...

—Por nosotros, Jenna. Si vamos a comprometernos de verdad, si vamos a querernos para siempre, tenemos que casarnos cuanto antes. Lo de dormir desnudos cada noche es el premio —rio Grant entonces.

Seguramente era la frase más dulce que nadie le había dicho nunca. ¿Quién dice que la caballerosidad ha muerto?

Grant volvió a besarla, pero aquella vez era un beso suave, lleno de promesas. De deseos que pronto se harían realidad.

—Será mejor que me vaya —susurró—. Antes de que cambie de opinión y te lleve a la cama.

Jenna se levantó, sonriendo.

Y no pudo dejar de sonreír en toda la noche.

Grant se levantó a la mañana siguiente antes que las niñas para hacer beicon y tortillas de queso. A sus hijas les encantaban las tortillas de queso.

Becka fue la primera en aparecer.

—¿Beicon un día de diario? —preguntó, medio dormida.

Maddy apareció después, con el uniforme puesto... y las zapatillas de conejito en los pies. No debía estar muy despierta. Grant le dio un beso en el pelo, sonriendo.

—Tortilla de queso y beicon —canturreó alegremente.

Estaba muy contento. Había hecho bien pidiéndole a Jenna que se casara con él. Sabía que serían felices y que ella sería una buena madre para las niñas. Y una esposa extraordinaria.

Hannah fue la última en llegar a la cocina.

—¿Beicon un día de diario?

—Y tostadas —dijo Maddy.

—¿Qué ocurre, papá? ¿Estamos celebrando algo?

Grant se sentó al lado de sus hijas y respiró profundamente para darse valor. Sabía que aprobarían ese matrimonio porque querían mucho a Jenna, pero... era la primera vez que iba a hablarles sobre sus sentimientos.

—La verdad es que sí estamos celebrando algo —dijo, mirando de una a otra—. Tengo que daros una noticia importante.

—¿Vas a comprar un perro? —preguntó Maddy.

—No, Maddy. No voy a comprar un perro.

—¡Nos vamos a Tahití! —sugirió Becka. Acababa de hacer una redacción sobre Tahití y le había preguntado a su padre por la noche si podían mudarse a la isla.

—No nos vamos a Tahití, Becka.

—Dejad que hable, tontas —protestó Hannah.

Grant carraspeó.

—Ya sabéis que Jenna y yo estamos saliendo y... —las niñas lo miraban, atentas—.

Nos hemos enamorado y vamos a casarnos.

El rostro de Maddy se iluminó.

—¿Tía Jenna va ser nuestra mamá? Entonces siempre tendré vendas para mis animales...

—Eso me gusta —sonrió Becka.

—¿Vas a casarte con la tía Jenna? —le preguntó Hannah.

—Sí, cariño.

Grant esperaba ver una sonrisa en el rostro de su hija mayor, pero no era así. Hannah parecía a punto de llorar.

—¿Cómo puedes hacernos esto, papá? —exclamó, antes de salir corriendo.

Capítulo diez

Maddy miró hacia la puerta, sorprendida. Y entonces se puso a hacer pucheros.

—No llores, boba —la consoló Becka.

Grant se levantó, atónito. No podía creer que Hannah hubiera reaccionado de esa forma. Pero debía calmarse. Aquella era una gran oportunidad para su familia y para él mismo.

—No pasa nada, cariño. Hannah solo está sorprendida. Voy a hablar con ella, ¿de acuerdo?

—Vale —murmuró Maddy, llorosa.

Cuando salía de la cocina, oyó a su hija dando un portazo en el piso de arriba.

—Hannah, tengo que hablar contigo.

—¡Vete!

—Tengo que hablar contigo, cariño —insistió él.

Estaba completamente atónito por su reacción. La propia Hannah había sugerido que saliera con Jenna.

—¡No quiero hablar contigo!

—Quiero explicarte lo que ha pasado —dijo Grant entonces, abriendo la puerta.

Hannah estaba tumbada en la cama, llorando.

—¡No tienes que explicarme nada! ¡Vas a casarte con Jenna!

—Pero hija, si tú misma dijiste que debería salir con ella... —empezó a decir él, sentándose a su lado.

—Pero no dije que te casaras —replicó Hannah.

—Sé que esto es una sorpresa, pero será bueno para todos, ya lo verás. Con Jenna en casa podremos pasar más tiempo juntos...

—¡Vete! —le espetó su hija—. No quiero hablar contigo.

Grant lo pensó un momento y luego decidió que sería mejor marcharse para darle tiempo.

—Tengo que irme a trabajar. Hablaremos después del colegio, ¿de acuerdo?

Ella levantó la cara, empapada en lágrimas.

—¿Cómo podría convencerte para que no te casaras con Jenna?

Grant lo pensó un momento.

—No puedes, Hannah. Estoy enamorado de Jenna y voy a casarme con ella. Quiero que me ayude a cuidar de vosotras y quiero ayudarla a cuidar de Amy. Sé que nunca podrá ocupar el sitio de mamá y ella lo sabe también. Pero me quiere y os quiere mucho a vosotras —le explicó él—. Siento hacerte daño, pero Jenna y yo vamos a casarnos.

Hannah volvió a esconder la cara en la almohada y Grant se levantó, entristecido. Le rompía el corazón ver a su hija así.

Pero llevaba dieciséis años siendo padre y sabía que no podía dejar que los niños tomaran decisiones por los adultos.

También conocía a su hija lo suficiente como para saber que era una chica sensata. Pero tenía derecho a portarse como una niña de vez en cuando.

Después de darle un beso en el pelo, Grant salió de la habitación y cerró la puerta despacito.

Iba a ser un día muy largo.

Grant no pudo hablar a solas con Jenna hasta después de comer.

La noche anterior, después de pedirle que se casara con él, se sintió culpable. Había guardado la cinta de Ally para llevarla al ático y con todos los preparativos, la compra del anillo, el ensayo de lo que iba a decir... se le olvidó contárselo.

Pero tenía que hacerlo. Tenía que decírselo inmediatamente para que no sospechara que esa era la única razón por la que le había pedido que se casara con él. Sabía que eso no cambiaría nada. La quería... porque sí. No porque Ally le hubiera dicho que se enamorase de ella.

Pero Jenna tenía derecho a saber lo de la cinta.

Grant entró en el aula. No le gustaba decírselo mientras estaban trabajando, pero los dos estaban tan ocupados que no sabía cuándo podrían verse a solas de nuevo.

Además, con el problema de Hannah...

Jenna estaba sentada frente a su mesa, metiendo unas mazorcas de maíz en una fiambrera.

—¿Qué haces?

—Guardando mazorcas para enseñarles mañana a los niños cómo se quitan los granos.

Todo el mundo en el colegio sabía que estaban saliendo, pero intentaban mantener las apariencias y, delante de los demás, se trataban de forma profesional. Sobre todo, delante de Catherine Oberton.

—Se lo he dicho a las niñas —dijo Grant, cerrando la puerta.

—¿Y?

—Maddy y Becka están encantadas.

—¿Y Hannah?

Grant se pasó una mano por la corbata, nervioso.

—Digamos que no se ha puesto a dar

saltos de alegría.

Jenna se levantó entonces. Llevaba un jersey ajustado que llamó la atención de Grant hacia sus pechos.

Antes de ver la cinta de Ally nunca se le había ocurrido pensar en los pechos de Jenna. Pero en aquel momento tenía que hacer un esfuerzo para apartar la mirada.

—Lo siento mucho —murmuró ella—. Quizá deberíamos esperar un poco. Darle tiempo para que se acostumbre a la idea.

Grant negó con la cabeza.

—No. Yo creo que deberíamos elegir una fecha para la boda. En Navidad, quizá. Estoy seguro de que se le pasará...

Hubiera deseado abrazarla en ese momento, pero no podía hacerlo porque si alguien entraba en el aula... sería poco profesional.

—Pero no quiero que se lleve un disgusto.

—Esto no depende de Hannah, Jenna. Depende solo de ti y de mí.

—No sé. Pero si estás seguro...

—¿Se lo has dicho a Amy?

—Sí —suspiró ella—. Pero no ha dicho nada. Ha seguido tomando el desayuno como si tal cosa. No sé si entiende lo que significa casarse, pero le he dicho que seguramente viviríamos en tu casa.

—¿Y qué ha dicho?

—Nada. Solo me ha preguntado si la boda era un sábado.

—¿Y eso?

—No quiere perderse la partida de bolos.

Grant miró su reloj, sonriendo. Tenía que marcharse. Pero también debía hablarle de la cinta.

—Entonces, no nos casaremos un sábado —dijo, acercándose a la puerta—. Dime dónde y cuándo y yo estaré allí.

Jenna sonrió. Con una de esas sonrisas que lo hacía pensar en palomitas de maíz y en sexo... al mismo tiempo.

—Por tu bien, eso espero.

No se lo perdería por nada del mundo, pensó Grant mientras volvía a su despacho, olvidándose por completo de la cinta.

Jenna terminó de fregar los platos de la cena y puso la tetera al fuego. Tenía trabajo que hacer, pero antes le daría las buenas noches a Amy. Desde que, una semana antes, le contó que iba a casarse con Grant, su hermana estaba extrañamente silenciosa.

—Hola. ¿Qué haces? —preguntó, asomando la cabeza en su dormitorio.

Amy, que estaba leyendo una revista de coches, levantó la cabeza. Una revista que ella no le había comprado.

—Estoy leyendo.

—¿Qué lees? —preguntó Jenna, tomando un pantalón del suelo para meterlo en el cesto de la ropa sucia.

—Deja mis pantalones ahí. Puedo ponerlos yo en el cesto —dijo Amy entonces.

Jenna los soltó. Intentaba no sentirse herida, pero la actitud de su hermana era muy hostil.

—Tienes razón. No debería meterme en tus cosas.

Amy volvió a concentrarse en la revista. Aparentemente.

—Quiero ir a la residencia Logan —dijo su hermana entonces.

—Podríamos ir de visita un día. Seguro que a Jeffrey le haría ilusión.

—No quiero ir de visita —replicó Amy, sin dejar de mirar la revista—. Quiero vivir allí. Sin ti.

Jenna se dejó caer sobre una silla, atónita. No sabía qué decir. Pero, desde luego, Amy no viviría en la residencia Logan. Le había prometido a su madre que la tendría siempre con ella.

—¿Por qué quieres vivir en la residencia Logan? ¿Te lo ha propuesto Jeffrey?

—No. Bueno, no sé...

Jenna dejó escapar un suspiro. No quería prohibirle que viera a sus amigos, pero aquel

Jeffrey era una mala influencia.

—¿No quieres vivir con Maddy, Becka y Hannah?

Amy pasó una página de la revista.

—El día de mi cumpleaños feliz tendré veintisiete. Soy demasiado mayor para vivir con mi hermana. Jeffrey ya no vive con su hermano —dijo entonces, mirándola—. Tú crees que no puedo vivir sola. ¡Pero sí puedo!

Jenna respiró profundamente. No culpaba a Amy por su comportamiento, sino a Jeffrey.

Pero, como Grant había hecho con Hannah, debían dejar la conversación para cuando estuviera más tranquila.

—Bueno, es hora de dormir. ¿Quieres que te lea un cuento?

—No, gracias.

—Buenas noches, Amy.

Su hermana ni siquiera contestó. Evidentemente, estaba muy enfadada.

Un par de días más tarde, Jenna salió corriendo del colegio para encontrarse con Grant en un café. Los dos tenían un millón de cosas que hacer y no podrían verse hasta el fin de semana.

—Hola.

—Hola, cariño —sonrió Grant, dándole un beso en los labios—. Te he pedido un café con dos azucarillos.

—Gracias, mi amor.

—De nada, cielo.

Durante los últimos días era como si estuviera viviendo un cuento de hadas. Pero su príncipe no era ninguna rana.

—¿Has ido a buscar el vestido de Hannah?

—Está en el coche. ¿Seguro que no te importa coserle el bajo?

—Claro que no —sonrió ella.

—Eres maravillosa.

Sabía lo difícil que todo aquello debía resultar para Grant. El primer baile de Hannah, su primer novio. Su primera discusión seria cuando le dijo que iba a casarse...

—¿Qué tal con ella?

—Igual que tú con Amy. Mal.

Jenna dejó escapar un suspiro, pero esperó a que la camarera dejara los cafés sobre la mesa para seguir hablando:

—O sea, que siguen sin dirigirnos la palabra. Me parece que no es el momento de pedirles que sean nuestras damas de honor, ¿eh?

—Me parece que no —sonrió Grant—. Pero hay que elegir una fecha. Estoy deseando casarme, Jenna.

—No estás deseando casarte. Estás deseando acostarte conmigo —rio ella.

Grant besó su mano.

—Desde luego que sí. Y ahora vamos a hacer planes: el sábado Becka tiene un recital a las tres, así que podemos ir a cenar más tarde, ¿te apetece?

—¿Quieres decir que podemos estar solos?

Él levantó una ceja.

—Si no te da miedo...

—Tienes razón —rio Jenna—. Será mejor casarnos cuanto antes.

En ese momento, Hannah apareció en el café.

—¡Hola, papá!

—Hola, hija... —dijo Grant, sorprendido—. ¿Cómo sabías que estaba aquí?

—No lo sabía. Es que he visto tu coche en la puerta. ¿Puedo quedarme en el colegio hasta las siete? Tengo que ayudar con la decoración para el baile.

—¿No vas a decirle hola a Jenna?

—Hola, Jenna —la saludó Hannah, casi sin mirarla.

—Hola.

—¿Puedo quedarme o no? Becka y Maddy estarán a punto de volver del colegio y supongo que tú pensabas ir a casa ahora mismo, ¿no?

—Supones bien —dijo su padre.

A Jenna le sorprendió su paciencia. Aunque Hannah estaba siendo grosera a propósito, él no se enfadaba, no le levantaba la voz. Era un padre estupendo, desde luego.

—Vale, me voy.

—Por cierto, he ido a buscar tu vestido para el baile. Jenna va a coserte el bajo.

—Muy bien.

—A las seis en casa, Hannah.

—Pero papá...

—A las seis. Ni un minuto más tarde. Y vuelve a casa con alguna amiga, no con Mark.

—Pero papá...

—Nada de peros, hija.

Hannah se dio la vuelta y salió del café sin despedirse.

—Lo siento —se disculpó Grant.

—No pasa nada. Sé que me quiere, seguramente tanto como yo a ella —sonrió Jenna—. ¿Quieres ver el diseño que he elegido para mi vestido de novia o quieres que sea una sorpresa?

—Quiero ver el vestido, pero seguro que... después, voy a llevarme una sorpresa —sonrió su príncipe.

Que, definitivamente, no era una rana.

Capítulo once

Jenna empujó el balancín, sonriendo. Esperaba que Grant saliera al porche y se sentía tan feliz que temía estar soñando.

Tenía prevista una reunión de trabajo aquella noche, pero fue cancelada y la llamó enseguida para invitarla a cenar. A ella y a Amy.

A pesar de la frialdad de Hannah, la cena había sido tan agradable como siempre. Y Amy parecía más alegre que las semanas anteriores. Quizá empezaba a entender la situación.

Aquella noche, cuando Grant tomó su mano para bendecir la mesa, Jenna imaginó cómo sería su vida con él. Podía verse cuidando de las niñas, podía verse haciéndose mayor con Grant...

La puerta se abrió entonces y él apareció con una bandeja en la mano. Había comprado una tetera especial para ella porque sabía cuánto le gustaba el té.

¿Cómo podría no amarlo?

—Me gusta la idea de casarme con un hombre de su casa.

Grant dejó la bandeja sobre una mesita de mimbre.

—Mientras no creas que solo se me da bien hacer eso —dijo, sonriendo.

No tenía que decir nada más. La tensión sexual que había entre ellos desde que le propuso matrimonio era difícil de controlar.

Aún no habían decidido la fecha de la boda, pero Jenna estaba pensando en la semana entre Navidad y Año Nuevo.

Sabía muchas cosas sobre él, pero su ardor era una sorpresa inesperada. Y eso era algo que la llenaba de anticipación.

—Hace un poco de frío, ¿no?

—Ven, métete debajo de este chal —sonrió Jenna.

Lo había hecho Ally, pero Jenna no temía al recuerdo de su amiga. Todo lo contrario.

Bajo el chal, apoyó la cabeza sobre el hombro de Grant.

—¿Qué hacen las niñas?

—Están viendo una película.

—¿Hannah también?

—También. Por lo visto, Mark estaba ocupado esta noche y le ha tocado quedarse en casa.

Jenna acarició su brazo. Llevaba un polo oscuro de manga larga y tenía ese aire elegante, tan típico de Grant Monroe.

—Al menos no nos ha soltado: «Estupendo, papá, vas a reemplazar a mamá por la tía Jenna».

Él le pasó un brazo por los hombros.

—Le he dicho que nadie quiere reemplazar a Ally en su corazón. Y que debía seguir llamándote tía Jenna.

—Dale tiempo. Está nerviosa por lo que ha pasado y también porque es un momento de cambios en su vida. Con lo de Mark, el baile...

—Gracias por ser tan comprensiva —sonrió Grant, rozando sus labios.

—De nada.

No podían hacer nada más aquella noche. Con las niñas dentro, no era el momento de tirarse uno encima del otro.

—¿Qué tal con Amy?

—Regular. Está rara, diferente.

—¿Le sigue gustando el trabajo?

—Le encanta.

—Me alegro. Jean dice que es estupenda, que siempre se puede contar con ella.

—No es el trabajo, es Jeffrey. Un novio... yo no tenía ni idea de que Amy pudiera querer un novio. ¿Quién la ha enseñado a besar?

—No lo sé. ¿Dónde aprendiste a besar tú? —murmuró él, besándola en el cuello—. Yo creo que es un instinto.

Jenna se apartó, sintiendo un escalofrío.

—Me parece que tú tienes mucho instinto últimamente.

Grant sonrió, como un crío. Algo que la sorprendió. Lo conocía bien, pero había muchas cosas que nunca había visto en él antes. Y eso era bueno en un matrimonio.

Después de la emoción y la sorpresa iniciales, Jenna empezó a preguntarse cómo sería la convivencia. Grant era tan organizado, tan ordenado... Todo lo contrario que ella. Y sabía que su desorden y su impuntualidad lo volvían loco. Estaba dispuesta a intentar mejorar, pero sabía que no podría cambiar como no podría cambiar él.

Pero sentada en el balancín, con la cabeza apoyada sobre su hombro, estaba segura de que la convivencia sería estupenda. Podrían hacerlo, podrían cuidar de su familia juntos y encontrar felicidad.

—Todo va a salir bien, ¿verdad?

—Claro que sí. ¿Por qué preguntas eso?

Jenna se encogió de hombros.

—Por nada.

—¿No estarás arrepintiéndote?

—Claro que no. Es que... empiezo a darme cuenta de que esta va a ser una tarea monumental. No será fácil, Grant. Amy no será tan fácil de convencer como yo había creído y ahora Hannah...

—Jenna, te quiero —la interrumpió él—. Y tú me quieres a mí. No te preocupes por Hannah y Amy. Todo saldrá bien.

Ella sonrió. Con Grant a su lado, se sentía capaz de todo.

—Tienes razón. Todo saldrá bien.

—Mejor que bien. Espera y verás.

El viernes por la noche, Jenna estaba en la cocina cosiendo el vestido de Hannah.

—La cena casi está lista —dijo Grant.

—¿Pollo al horno?

—El mejor del mundo.

Amy, Becka y Maddy estaban en el salón oyendo música y Hannah no había vuelto del colegio. Por lo visto, seguía ayudando con las decoraciones del baile.

—¿Vamos a esperar a Hannah? —preguntó Jenna, mordiendo el hilo.

—No. Después de cenar, tengo que pasarme por casa de Chad Elder. Me está ayudando a buscar fondos para los columpios del parque.

Ella asintió. Le sorprendía que, además de trabajar y cuidar de sus tres hijas, Grant encontrara tiempo para atender los asuntos de la comunidad. Como Catherine Oberton le había dicho unos días antes: «El señor Monroe es un partidazo».

—¡Amy, Becka, Maddy... a cenar!

—¡Ya vamos, papá!

En ese momento se abrió la puerta y

Hannah entró en la cocina como una tromba.

—Hannah, ¿qué ha pasado?

—Olvídate del vestido. No pienso ir al baile.

—¿Por qué no? —preguntó Jenna.

—Me voy a mi cuarto. No quiero cenar.

Grant dejó la bandeja sobre la repisa, atónito.

—Ve a hablar con ella. Yo me encargo de las niñas —murmuró Jenna.

—¿Qué pasa, Hannah? —preguntó Grant, entrando en su habitación—. ¿Por qué no quieres ir al baile?

—Porque no pienso ir a ninguna parte con ese imbécil —le espetó su hija, intentando contener las lágrimas.

—¿Qué ha pasado? ¿Mark no quiere ir al baile contigo?

Hannah tiró su mochila sobre la cama, furiosa.

—Qué va. Incluso me ha comprado un broche.

—¿Entonces?

—No pienso ir con él porque es un bastardo.

Grant no toleraba ese lenguaje en su casa, pero no era el momento de ponerse a discutir sobre términos más o menos apropiados.

—¿Vas a contarme qué ha pasado?

—Lo he pillado besando a Brittany Anderson —contestó Hannah.

Lo más duro de ser padre es que no se puede evitar que a los hijos les hagan daño. Aquella era su primera experiencia... y no sería la última.

—Menudo bastardo —murmuró Grant.

—Eso digo yo.

—Lo siento mucho, hija —suspiró él—. Te guardaré algo de cena para luego. ¿De acuerdo?

—Me da igual.

Cuando Grant salió de la habitación, Jenna lo estaba esperando en la escalera, ansiosa.

—¿Qué ha pasado?

—Ha encontrado a Mark besando a otra chica.

—Oh, no. Qué imbécil.

—Por lo visto, lo ha mandado a la porra.

—Bien hecho. ¿Quieres que suba a hablar con ella?

—No, es mejor dejarla sola —suspiró Grant, pasándole un brazo por los hombros—. Vamos a cenar.

—Pobrecilla. Me imagino cómo le habrá dolido.

Él le dio un beso en la mejilla.

—Como nos dolió a todos la primera vez.

Al día siguiente, Hannah estaba en el porche en chándal y calcetines. Ni siquiera se había duchado.

—¿Seguro que no quieres venir con nosotros? —le preguntó Grant.

—No me apetece ir a un recital de violín, papá.

A la pobre Hannah, que debía estar preparándose para el baile, lo último que le apetecía en el mundo era ir al recital de violín de su hermana Becka. Y con razón. Sobre todo, porque Brittany Anderson estaba vistiéndose para ir al baile con Mark.

Eso destrozaría el corazón de cualquiera.

—Muy bien, quédate en casa. Pero solo porque es una... ocasión especial. Pero cuando termine el recital, vendré a buscarte para cenar. ¿De acuerdo?

Hannah asintió de mala gana.

—Vale. Adiós.

Grant se despidió antes de entrar en el coche, donde las niñas lo estaban esperando. Jenna y Amy deberían haber ido también, pero Amy se había puesto enferma.

Era una sorpresa que su padre pudiera ir a alguna parte sin «Jenna», pensaba Hannah. Jenna, de la que no se apartaba últimamente, como si estuvieran pegados con pegamento.

Hannah esperó en el porche hasta que el coche desapareció. Pero no sabía qué hacer.

Todas sus amigas estarían preparándose para ir al baile.

Después del disgusto que se llevó al ver a Mark metiéndole la lengua en la garganta a Brittany Anderson, solo le quedaba una furia sorda. Si volvía a ver al imbécil de Mark, lo estrangularía...

Aburrida y enfadada, decidió ver una película de vídeo. Algo violento, naturalmente.

Las películas de su padre estaban colocadas por orden alfabético. Por supuesto. Pero no encontró nada interesante. Entonces se fijó en una caja pequeña sobre la estantería. Estaba cerrada con celo, pero Hannah lo rasgó para ver lo que había dentro. Volvería a cerrarla más tarde para que su padre no se diera cuenta.

Para su sorpresa, vio que dentro había una cinta de vídeo con una etiqueta: *Ally.*

¿Una cinta de su madre? Quizá su padre no querría que la viera, pero... ¿por qué no?

La echaba de menos. Sobre todo, desde que su padre anunció que iba a casarse con Jenna. Ella quería mucho a Jenna, pero no le gustaba que su padre pasara todo su tiempo libre con ella. Ni que le sonriera tanto, ni que estuviera siempre pendiente de ella.

Y encima, lo de Mark...

Una cinta de su madre era justo lo que necesitaba en aquel momento. Cuando la sacó de la caja, observó una etiqueta que decía: *Para ser vista dos años después de que me haya ido.*

A Hannah se le hizo un nudo en la garganta.

Quizá no debería verla. Quizá era algo privado, solo para su padre.

Debatió un momento consigo misma y después, por fin, metió la cinta en el vídeo. Quería ver a su madre otra vez.

En cuanto aquel rostro tan querido apareció en la pantalla, los ojos de Hannah se llenaron de lágrimas. Ally Monroe estaba sentada en aquel mismo sillón de cuadros...

¿Qué estaba diciendo? ¿Que su padre debía salir con alguien?

Hannah vio la cinta dos veces, incrédula. Debería haber sabido que su padre no se casaba con Jenna por amor. Debería haber sabido que había trazado un plan y estaba siguiéndolo al pie de la letra, como siempre.

Hannah rebobinó la cinta y la guardó en su caja. ¿Qué podía hacer?

Un minuto después, subía corriendo a su habitación para ponerse las zapatillas de deporte.

Solo esperaba que las ruedas de su bicicleta no se hubieran pinchado.

Capítulo doce

Maddy y Becka entraron corriendo en la cocina. Grant iba detrás, cargado con bolsas.

—¡Hannah, estamos en casa!

—¡Vamos a cenar hamburguesas! —estaba gritando Maddy.

—¡De eso nada! ¡Yo quiero pizza! —le espetó Becka.

—Pero a mí me gustan las patatas fritas...

—Ya os he dicho que hoy elige Hannah —las interrumpió Grant—. Subid a cambiaros si queréis y decidle a vuestra hermana que estamos listos.

Las dos niñas salieron de la cocina sin dejar de discutir sobre los atributos de las patatas fritas en un restaurante y en otro.

Grant empezó a sacar las cosas de las bolsas, pensando en Hannah. Debía estar pasándolo fatal por no ir al baile como había querido y como iban a hacer todas sus amigas.

Él no era un hombre violento, pero si veía a ese Mark, tendría que hacer un esfuerzo para no estrangularlo.

Cuando estaba guardando un cartón de leche en la nevera, alguien llamó a la puerta y un segundo después, Jenna entraba en la cocina.

—Hola.

—Hola, cielo. ¿Cómo está Amy?

Jenna no estaba sonriendo y Grant se temió que hubiera ocurrido algo malo. Parecía haber llorado...

—¿Puedo hablar contigo... a solas?

—Sí, claro. Vamos al salón.

Jenna lo siguió y esperó hasta que él cerró la puerta.

—¿Qué pasa, cielo?

Ella estaba dándole vueltas al anillo. Debería haber sabido que aquello era demasiado bonito para ser cierto. Debería haber sabido que los cuentos de hadas no son reales.

Debería haber sabido que todos los príncipes de cuento son, en realidad, ranas disfrazadas.

—No puede casarme contigo, Grant —dijo, quitándose el anillo.

Él la miró, pasmado.

—¿Qué dices?

—Que no puedo casarme contigo. No puedo ser parte de «tu plan».

—¿De qué estás hablando?

—Tú sabes muy bien de qué estoy hablando, Grant. No pienso ser parte de tu plan, ni del plan de Ally para solucionar tu vida —contestó Jenna, poniendo el anillo en su mano—. Deberías avergonzarte de ti mismo. ¿Cómo te atreves a hacerme esto, a hacérselo a tus hijas? ¿Cómo te atreves a pedirme que me case contigo solo porque Ally te lo pidió?

Grant se quedó boquiabierto. No tenía ni idea de cómo había pasado, pero Jenna sabía lo de la cinta.

Ella estuvo a punto de decirle que quería verla. Al fin y al cabo, tenía derecho. Pero no quería ver la cinta de la que Hannah le había hablado. Se sentía traicionada, no solo por Grant, sino por Ally.

¿Cómo había podido trazar ese plan sin contar con nadie? ¿Cómo podía haberle dicho a su marido que debía casarse con ella dos años después de su muerte?

—Jenna...

Ella dio un paso atrás. No quería que la tocase.

—Tengo que volver a casa. Amy está con la señora Cannon y no quiero hacerla esperar.

Grant no sabía qué decir, ni qué hacer. La vio salir de la casa dando un portazo y el sonido fue como una bofetada.

Jenna tenía que apretar los labios para no

gritar. Todos sus sueños, todos sus deseos... por el suelo.

Angustiada, corrió hacia el coche. Y cuando volvió la mirada, vio que él no estaba en el porche. Ni siquiera la había seguido. Seguramente seguía parado en el salón... como un idiota.

Grant estaba perplejo. ¿Qué había pasado? Jenna sabía lo de la cinta de Ally..., pero ¿cómo?

Cuando se volvió hacia la estantería vio que la caja donde la guardaba estaba abierta. Se le había olvidado subirla al ático y... Hannah.

Hannah había visto la cinta. Ella fue quien se lo contó a Jenna.

Debería haberle hablado de ello...

La quería con toda su alma y necesitaba que Jenna lo quisiera también. Lo necesitaba más que nada en la vida.

Grant subió los escalones de dos en dos.

—¡Hannah Jane Monroe!

Becka y Maddy dejaron de discutir inmediatamente, asombradas por el vozarrón de su padre.

Él llamó a la puerta de la habitación y encontró a Hannah frente al ordenador.

—Papá...

—Apaga eso —la interrumpió Grant. Ella obedeció inmediatamente—. Le has enseñado la cinta a Jenna —no era una pregunta, era una afirmación.

¿Por qué habría hecho eso su hija? ¿Por qué quería hacerle daño? ¿Por qué quería hacerle daño a Jenna?

—No se la he enseñado —protestó su hija.

—No me mientas. Acaba de estar aquí —bramó Grant, intentando contener la angustia.

Los ojos de Hannah se llenaron de lágrimas. Como si acabase de descubrir que había cometido un terrible error.

—Papá... —murmuró, llevándose una mano a la boca—. Lo siento mucho. Yo no quería...

—Le has mostrado a Jenna la cinta de tu madre —repitió Grant.

Ella negó con la cabeza.

—No. Yo vi la cinta y después me fui a casa de Jenna con la bici y se lo conté —dijo, sollozando—. Le dije que mamá quería que te casaras con ella. Le dije que solo lo hacías porque ella te lo había mandado.

Grant miró al suelo, preguntándose quién se sentía peor en aquel momento, Hannah, Jenna o él mismo.

Su hija era una buena persona y sabía

que lo había hecho porque no pensó en las consecuencias.

—Hannah... —murmuró, guardando el anillo de pedida en el bolsillo de la chaqueta—. ¿Por qué lo has hecho? —suspiró, abrazándola.

—Lo siento mucho, papá —dijo ella, entre sollozos—. No quería hacerle daño a nadie. Es que estaba enfadada contigo... pero no sé por qué. Y echaba tanto de menos a mamá...

—No pasa nada, cariño. No pasa nada.

—¿Qué ha dicho Jenna?

—Me ha devuelto el anillo.

Hannah volvió a llorar, con unas lágrimas que le rompían el corazón.

Grant no sabía qué hacer, más que abrazarla. Tenía el corazón roto por Hannah, por Jenna y por sí mismo.

Cuando por fin la niña se calmó, él sacó un pañuelo del bolsillo.

—Suénate la nariz.

—¿Jenna te ha devuelto el anillo, papá? Yo no quería que pasara eso.

—Es culpa mía. Debería haberle hablado de la cinta antes de nada —suspiró Grant.

—Le dije que solo ibas a casarte con ella porque era conveniente para ti, papá. Pero no es verdad, ¿no? —murmuró Hannah, mirándolo con expresión de niña desamparada.

—No. Le he pedido que se case conmigo porque estoy muy enamorado de ella. Aunque quise mucho a mamá, ahora estoy enamorado de Jenna. ¿Lo entiendes, Hannah? Nunca me olvidaré de mamá. Nunca. Pero estoy enamorado de Jenna y quiero vivir con ella. Siento mucho que te duela, pero eso es lo que quiero hacer. Debes entenderlo, hija.

—No sé por qué lo he hecho, papá —suspiró Hannah—. Es que últimamente siempre estabas con ella y yo... te echaba de menos.

Grant dejó escapar un suspiro.

—Es natural que sientas ciertos celos de Jenna. Y me alegro, ¿sabes? Eso significa que me quieres.

—Te quiero mucho, papá.

—Ya lo sé, hija. Pero un hombre adulto necesita el cariño de una mujer. Hace unos meses tú me dijiste que debería salir con alguien, ¿te acuerdas? Y dijiste que sigo siendo guapo.

Hannah intentó sonreír.

—¿Qué vas a hacer ahora?

—No lo sé. Pero sí sé lo que vas a hacer tú —sonrió él—. Vas a bajar a la cocina para hacer la cena mientras yo voy a casa de Jenna a pedirle perdón. De rodillas, si hace falta.

—Por favor, dile que lo siento. Dile que la llamaré mañana para pedirle perdón, ¿vale?

Grant le dio un beso en la frente.

—No te preocupes. Todo va a salir bien, ya lo verás. Y si no, es que no estaba en las estrellas.

Cuando Jenna vio los faros del coche de Grant estuvo tentada de apagar las luces y meterse en la cama. No quería hablar con él. No quería ni verlo.

No había nada que hablar. Sencillamente, el compromiso estaba roto. No funcionaría por un millón de razones y había sido una tonta por pensar que sí.

Grant llamó a la puerta unos segundos después.

—¿Puedo entrar?

Jenna estaba en el pasillo, en jarras.

—Parece que ya has entrado.

—Quiero disculparme por dejarte salir de mi casa de esa forma. Es que estaba perplejo...

—¿Perplejo porque sabía lo de la cinta o porque te devolví el anillo?

Grant miró al suelo.

—Por las dos cosas.

Jenna entró en el salón y se sentó en el sofá, sin molestarse en mover los periódicos.

—No deberías enfadarte con Hannah. Ella no grabó la cinta y tampoco fue quien la escondió.

—Pues estoy enfadado. Esa cinta era algo muy personal —replicó él, tirando los periódicos al suelo.

Tenía el traje arrugado y los ojos enrojecidos. Eso la sorprendió. ¿Había llorado? ¿Grant Monroe había llorado por ella? No podía ser.

Pero no era el momento de ponerse emotiva. Había hecho algo horrible y no pensaba ablandarse.

—Jenna, debería haberte hablado de la cinta cuando empezamos a salir juntos...

—Solo saliste conmigo a cenar porque Ally te lo había pedido, no porque quisieras hacerlo.

—Te lo pedí la primera vez por un absurdo sentido de lealtad, es cierto. Pero después me di cuenta de que me gustabas. Y un día me di cuenta de que estaba enamorado de ti —dijo Grant.

Ella se quedó mirando el montón de periódicos en el suelo.

—Según Hannah, Ally te pedía en la cinta que te casaras conmigo.

—Lo que Ally decía era que esperaba que lo hiciera. Decía que esperaba que me enamorase de ti y tú de mí... y eso es lo que ha pasado. Esto no era un plan diabólico, Jenna. Lo único que Ally quería era que fuéramos felices. Quizá al final de su enfermedad, tenía una visión de la que nosotros carecemos. Quizá nos conocía mejor que nosotros mismos.

Jenna miró entonces una fotografía colgada en la pared: eran Ally y ella, en la playa.

—Dime la verdad, Grant. ¿Me has pedido que me case contigo por conveniencia? No me sorprendería nada estar en alguna de tus listas: «ir a la lavandería, llevar a Becka al cine, pedirle a Jenna que se case conmigo...»

—No digas eso, por favor. No es verdad y tú lo sabes. Los sentimientos no se pueden fingir. Siempre he sido un hombre organizado, pero es la única forma de que las cosas parezcan más o menos ordenadas en una casa con tres niñas —intentó explicarle Grant—. Pero esto es diferente. Te quiero y tú lo sabes.

Jenna estaba haciendo un esfuerzo para controlar las lágrimas. Quería creerlo. Deseaba creerlo con todas sus fuerzas, pero no se atrevía.

—Por favor, dame otra oportunidad —dijo él entonces—. Deja que te demuestre cuánto te quiero. Cuánto te necesito, cuánto te deseo.

—Aunque nos queremos, esto no funcionaría. ¿Puedes vivir así? —preguntó Jenna, señalando alrededor—. ¿Puedo vivir yo con un hombre que siempre lleva trajes de color gris?

—No sé si entiendo lo del traje gris, pero sé que puedo cambiar. Puedo intentar ser más flexible, más espontáneo. Estoy dispuesto a cambiar por ti, Jenna.

Ella no respondió. Estaba deseando caer en sus brazos, pero sabía que lo más sensato era mantenerse firme. Debía pensar, no dejarse llevar por las emociones.

—¿Y las niñas?

—¿Qué pasa con las niñas? Todas te quieren.

—Hannah no parecía quererme mucho cuando vino a darme la noticia, Grant. No te engañes.

—Fue un error, una cosa de niños. Ha estado llorando por lo que ha pasado. Y me ha dicho que te pida perdón. ¿Sabes por qué se portaba así? Porque estaba celosa.

—¿De mí?

—De ti.

—Pero yo nunca le robaría tu cariño...

—Lo sé. Y ella lo sabe también. Por eso quiere pedirte disculpas personalmente —sonrió Grant.

—¿Y qué pasa con Amy? Ha dejado de ser la niña cariñosa para convertirse en una mujer que siempre está de mal humor, que me mira con mala cara, que está resentida conmigo...

—Quiere volar con sus propias alas, Jenna —la interrumpió Grant—. Quiere ser independiente. Y yo lo entiendo. Puede venir a vivir con nosotros después de casarnos o podría irse a la residencia Logan si eso es lo que quiere. Encontraremos una forma de solucionarlo.

—¿La residencia Logan? Eso era lo que Paul quería...

—Paul quería lo mejor para él —la interrumpió él de nuevo—. Yo quiero lo mejor para Amy.

—¿Y estás sugiriendo que yo no?

—No estoy sugiriendo nada. Solo que cuando arreglemos esto, tendremos que hablar de Amy. Con Amy.

Jenna se sentía insegura. Lo quería con todo su corazón y sabía que Grant la quería también. Pero eran demasiados problemas. Demasiadas revelaciones dolorosas.

—Creo que deberíamos dejar de vernos durante unas semanas.

—¿Vas a darme otra oportunidad?

—Dame tiempo —suspiró ella—. Déjame pensarlo.

Grant se levantó del sofá y sacó el anillo.

—¿Quieres conservarlo? ¿Por si acaso?

Jenna tuvo que hacer un esfuerzo para

no echarse en sus brazos y decirle que lo había perdonado. Pero necesitaba tiempo para pensar. Necesitaba decidir qué era lo mejor para ella y para Amy.

—Quédatelo. Por ahora.

—Muy bien —suspiró Grant—. Me voy, pero... te quiero, Jenna —añadió, con un nudo en la garganta—. Y haré lo que haga falta para que te cases conmigo.

—Buenas noches, Grant —se despidió ella.

Deseaba tanto abrazarlo, oír cómo le decía que todo iba a salir bien...

Pero en lugar de hacerlo se quedó en el sofá, rezando para que al día siguiente pudiera ver las cosas de otra forma.

Jenna evitó a Grant durante toda la semana. Lo evitó en los pasillos y cuando hablaban, solo lo hacían sobre trabajo o sobre las niñas. Nunca sobre ellos ni sobre el anillo de pedida, que él seguía guardando en el bolsillo del traje.

No sabía qué hacer. Todavía no había tomado una decisión.

Después de darle muchas vueltas al episodio de la cinta, sabía que Grant no había mentido. Le pidió que saliera a cenar con él por lealtad hacia su esposa, pero el amor no es algo que se pueda fingir o inventar.

Y ellos estaban enamorados.

Entonces... Era Amy. Cada día estaba más nerviosa, más enfadada. Por lo visto, ya ni siquiera le gustaba trabajar en el colegio.

El domingo por la mañana, Jenna se levantó temprano y preparó un desayuno especial. El día de Acción de Gracias estaba cerca y aún faltaba un mes para Navidad, pero se le ocurrió que podrían ir sacando las bolas y el árbol del trastero. A su hermana le encantaba la Navidad y quizá así la animaría un poco.

—¡Amy, el desayuno!

Le extrañaba que no se hubiera levantado al olor de las tortitas. Cuando miró el reloj, vio que eran las nueve y decidió entrar en su habitación.

Pero Amy no estaba en la cama.

Era raro. No la había oído entrar en el cuarto de baño.

—¿Amy? —la llamó.

Pero cuando abrió la puerta del baño, tampoco estaba allí.

A Jenna le dio un vuelco el corazón. Seguro que estaba en el jardín, mirando los pájaros... Pero tampoco estaba en el jardín.

Histérica, corrió hacia la casa de la señora Cannon. Pero la señora Cannon no había visto a su hermana.

Tenía que llamar a alguien... ¿A quién? ¿A la policía? No. Solo había una persona a la que quisiera llamar.

El único que la entendería.

Capítulo trece

Grant llegó a su casa en menos de diez minutos, con un chándal viejo de color azul y zapatillas de deporte. Iba sin afeitar y no se había peinado. Era la primera vez que Jenna lo veía así.

Pero había acudido en su ayuda sin dudarlo un momento, sin poner una sola pega. Era tan natural llamarlo a él... como si estuviera en el piso de arriba.

—¿Has ido a casa de la señora Cannon?

—Sí, pero no está allí.

—¿Dónde puede haber ido?

—No lo sé —contestó Jenna, intentando calmarse.

Tener a Grant a su lado le daba tranquilidad. Lo necesitaba no solo para lo bueno, sino para los momentos malos de la vida.

—¿Has llamado a la residencia Logan?

—He llamado hace un rato y la directora me ha dicho que hablaría con Jeffrey para ver si sabe algo.

—Piensa, Jenna. ¿Dónde puede estar? —insistió Grant, llevándola al sofá.

—No tengo ni idea.

—Voy a llamar al colegio. Quizá ha ido

allí, pensando que era un día de diario. O a la bolera...

—¿Un domingo por la mañana?

—O quizá ha ido a la iglesia, confundida. ¿Tiene alguna amiga?

—No. Bueno... Allison Lutty. Su madre le hace tostadas con mantequilla, que le gustan mucho.

—¿Tienes el número de teléfono?

—Grant... ¿y si se ha perdido? ¿Y si le ha pasado algo?

—No le ha pasado nada, ya lo verás.

El teléfono empezó a sonar en ese momento y Jenna prácticamente saltó del sofá.

—¿Dígame?

—¿Señorita Cartwright?

—Sí, soy yo.

—Soy la señora Madison, de la residencia Logan.

—¿Está mi hermana ahí?

—Parece que sí. Estaba sentada en un banco, en la entrada. Jeffrey no sabía que tenía visita pero, por lo visto, habían hablado de desayunar juntos en alguna ocasión.

—¿Está bien? —preguntó Jenna, nerviosa.

—Perfectamente.

—Amy está bien —repitió ella, poniéndose una mano en el corazón—. Voy para allá ahora mismo.

—No se preocupe. Ahora mismo está desayunando con los demás y nosotros estaremos pendientes de ella.

—Muchísimas gracias por llamar.

—¿Qué ha pasado? —preguntó Grant.

—Jeffrey le había dicho que podían desayunar juntos y Amy ha decidido que fuera hoy mismo —suspiró Jenna.

—Venga, vístete.

—Estoy horrible, ¿verdad?

—¿Horrible? Yo te encuentro guapísima con ese pijama —sonrió Grant, dándole una palmadita en el trasero—. Vístete. Vamos a ver qué nos cuenta Amy.

La señora Madison los recibió en la puerta de la residencia, una casa de estilo victoriano parecida a la de Grant.

—Gracias por llamar —sonrió Jenna—. Amy nunca había hecho esto antes. No sé qué le pasa últimamente.

—Es una chica estupenda. Llena de vida —sonrió la directora—. Y muy independiente. La ha educado muy bien, señorita Cartwright.

—Muchas gracias.

La mujer dudó entonces, como si no se atreviera a decir algo.

—No quiero ser una entrometida, pero

Amy ha expresado su deseo de vivir aquí.

Jenna miró a Grant, que inmediatamente tomó su mano para darle apoyo. Como si siguieran siendo novios.

—Mire, yo...

—No tenemos por qué hablar del asunto ahora mismo. Pero quizá debería considerarlo.

—Amy no es ningún problema para mí —dijo Jenna.

—Claro que no. Pero quizá Amy no quiere seguir viviendo con usted, señorita Cartwright.

—¿Cómo?

—Quizá quiere vivir su propia vida. ¿No lo ha pensado?

Jenna miró a la directora de la residencia, perpleja. ¿Cómo se atrevía a meterse en su vida de esa forma?

—Amy vive conmigo desde que nació. Y vivimos solas desde que murieron mis padres.

—Lo sé. Y sé que usted la quiere mucho. ¿Por qué no deja que le enseñe la residencia, señorita Cartwright? Es un sitio maravilloso para gente como Amy, un sitio en el que pueden sentirse independientes y adultos.

—Puede que sea una buena idea —intervino Grant entonces—. Si nos muestra el programa de actividades...

—¿Puedo ver a mi hermana? —lo interrumpió Jenna.

—Claro que sí. Pasen, por favor.

La señora Madison los llevó hasta el comedor, donde Amy estaba desayunando rodeada de un montón de chicos y chicas. Jeffrey estaba a su lado, por supuesto.

—Hola, Jenna. Hola, Grant —los saludó su hermana con una sonrisa—. ¿Queréis tortitas?

Parecía más feliz de lo que Jenna la había visto en mucho tiempo.

Jenna estaba de rodillas en el jardín, plantando unas gardenias. La jardinería siempre la tranquilizaba. Sobre todo cuando tenía un problema importante.

El día de Acción de Gracias había transcurrido felizmente. Cenaron con Grant y las niñas y lo pasaron muy bien.

Él había sido maravilloso durante toda la semana. Y muy comprensivo.

La cena del día de Acción de Gracias fue una cena de amigos, nada de besos, nada de caricias... pero Jenna lo echaba de menos cada día.

Cuando Amy desapareció, solo se le ocurrió llamar a Grant. Y sabía cuál era la razón. Lo había llamado porque era su pareja, porque lo sentía así.

Aunque durante un tiempo estuvieran separados y él estuviera siendo muy paciente con ella. Se apoyaban mutuamente, estaban hechos el uno para el otro.

Le hubiera gustado que Grant le contase antes lo de la cinta, pero siempre supo que la quería.

Había reaccionado de esa forma para ocultar sus propias inseguridades, sus propios miedos. Tenía miedo de casarse con Grant y vivir feliz para siempre.

Y ver a Amy tan contenta en la residencia Logan había sido otra sorpresa, otro bocado de realidad. Amy ya no dependía de ella. Y su obsesión por cuidarla, por hacer honor a la promesa que le hizo a su madre se había mezclado con sus sentimientos por Grant.

Y seguramente también con sus sentimientos por Paul.

Aquella mañana, Jenna había hablado largo rato con su hermana. Amy realmente quería vivir en la residencia Logan. No solo por Jeffrey, sino por sí misma. Porque quería ser independiente.

¿Cómo podía negarle esa oportunidad?

Si no le gustaba, siempre podría volver con ella.

De modo que Jenna se rindió. Le había prometido que irían aquella misma semana para hablar con la señora Madison.

Y tenía que decírselo a Grant. Era la primera persona que debía saberlo. Jenna se limpió las manos de tierra y marcó su número en el teléfono inalámbrico, pero tenía encendido el contestador.

Seguramente estaría haciendo la cena y ocupándose de que sus hijas hicieran los deberes.

—Hola, Grant —dijo en voz baja—. Solo quería... decirte que te echo de menos. Hablaremos mañana. Adiós.

Después de colgar, entró en la cocina para hacer la cena.

Al día siguiente hablaría con él. Al día siguiente intentaría arreglar las cosas.

—No, Tiffany, lo siento. No puedes traer tu poni —estaba diciendo Jenna a una de sus alumnas—. No hay sitio para un caballo en esta clase... Jerome, no te comas las judías. Estamos haciendo collares.

Cuando Grant leyera los anuncios por el altavoz, empezarían la clase.

Había esperado hablar con él por la mañana, pero no fue posible. Y tenía que decirle que había tomado una decisión, que quería casarse como habían planeado.

—Buenos días, niños —oyeron la voz de

Grant por el altavoz—. Antes de que empiece a leer las noticias del día, quiero hacer un anuncio especial.

Jenna se sentó, sorprendida. Era raro. Grant siempre anunciaba las actividades y después leía una cita. Siempre exactamente igual.

—En realidad, es una pregunta. No es para vosotros, niños, sino para una profesora. Señorita Cartwright, ¿quiere casarse conmigo?

Los niños empezaron a gritar y Jenna se llevó la mano a la boca. No podía ser. Grant no podía haber dicho aquello por el altavoz.

Pero los niños estaban gritando y Martha, su ayudante, tenía que disimular una risita mirando por la ventana.

—Un «sí, quiero» ahora mismo no estaría mal —seguía diciendo Grant.

Jenna se levantó, con las piernas temblorosas. ¿Debía ir andando a su despacho... o corriendo?

Estaba hasta mareada por la sorpresa. No podía creer que Grant Monroe hubiera hecho una cosa así.

Entonces pulsó el botón del intercomunicador que la conectaba no solo con el despacho de Grant, sino con todas las aulas.

—Sí, señor Monroe. Me casaré con usted

—anunció.

Los niños empezaron a saltar sobre las sillas, muertos de risa. Aquello era como una película y estaban disfrutando como locos.

—¡Esto es genial! —exclamó Martha.

—Enseguida vuelvo.

Jenna salió corriendo por el pasillo y al doblar una esquina... se encontró con Grant, que se dirigía hacia ella. Un segundo después, estaban fundidos en un abrazo.

—Jenna...

—Lo siento mucho. He sido una tonta.

Él la tomó de la mano para entrar en el servicio de señoras.

—¡Grant Monroe! Primero me pides que me case contigo por el altavoz y ahora...

—Para que no te atrevieras a decir que no.

—Y ahora me escondes en el servicio... —rio Jenna—. El Grant Monroe que yo conozco nunca haría nada parecido.

—Te he traído aquí para poder besarte.

Sus bocas se encontraron, ansiosas. Había pasado demasiado tiempo.

—Te quiero, Grant.

—Y yo a ti, Jenna. Cásate conmigo y juro que te haré feliz.

Claro que se casaría con él. Jenna tiró de su corbata para acercarlo más.

—Sí, quiero.

—Cásate conmigo...

—Ya he dicho que sí, tonto.

—Te prometo que nuestra vida nunca será predecible. Incluso dejaré la ropa sucia en el suelo si eso te hace feliz.

Jenna lo besó entonces, con todo su corazón.

—Trato hecho.

Unos minutos después salían del servicio de señoras. Jenna, con la coleta deshecha y él con la corbata torcida.

Para su sorpresa, el pasillo estaba lleno de profesores y niños, todos aplaudiendo.

Grant la llevó de la mano hasta su aula y ella supo entonces sin ninguna duda que había encontrado a su príncipe.

Epílogo

Dos años más tarde

Señora Monroe, ¿quiere jugar a la pelota? —le preguntó una de sus alumnas. —Dame cinco minutos para guardar todos estos cubos y enseguida estoy contigo —sonrió Jenna.

Era la fiesta del colegio y los profesores habían organizado una merienda en la playa, a la que también podían acudir los familiares.

Hannah y su novio, Jared, estaban colocando una red para jugar al balonmano mientras Maddy les daba instrucciones.

—¿Por qué no vas a jugar con los demás, Becka?

—¿Puedo meterme en el agua con Rose?

—¿Dónde está? —preguntó Jenna, cubriéndose los ojos con la mano.

—Con papá. Creo que ha ido a cambiarle el pañal.

Jenna vio entonces a Grant acercándose con la niña en una mano y la bolsa de los pañales en la otra.

—Rose solo puede mojarse las piernecitas,

¿vale, Becka?

—Vale —contestó la niña.

La familia había crecido, pero Becka siempre estaba ocupándose de su hermanita Rose. Además, Grant la ayudaba muchísimo y cuidar de cuatro niñas sin dejar de trabajar en el colegio no le resultaba tan difícil.

—Hola, guapo.

Grant sonrió. Desde que se casaron, Jenna lo quería un poco más cada día. Tenían sus roces... sobre todo a causa de su desorden e impuntualidad, pero se llevaban muy bien.

—Hola —sonrió él.

—Dame a la niña, papá. Voy a meterla en el agua.

—¿En el agua?

—¡Mamá me ha dicho que puedo! No voy a ahogarla —protestó su hija.

—Bueno, bueno, no te pongas así.

—Es que eres un pesado...

—¿Dónde están las demás? —preguntó Grant, tomando a su mujer por la cintura.

—Hannah y su novio están allí, colocando la red de balonmano. Maddy está con ellos, dando órdenes. Amy y Jeffrey en el agua... y yo estoy contigo.

Él se inclinó para darle un beso en los labios.

—Guapa.

—¿Tú crees que el señor Monroe debería

besar a una profesora delante de los niños?

—Yo creo que es más que apropiado que los niños vean a un matrimonio besándose. Aunque nadie está mirando. Están todos comiendo como lobos porque su profesora ha organizado una merienda estupenda.

—No lo he hecho yo sola, tonto.

—¿Vas a guardarme un sitio a tu lado en la hoguera?

—Depende —rio Jenna—. ¿Vas a tocarme?

—Por supuesto.

—Entonces sí —sonrió su mujer—. Te quiero, Grant. Y gracias.

—¿Por qué? —preguntó él, apartando el pelo de su cara.

—No lo sé. Por rescatarme de la soltería, supongo.

—Entonces yo también debería darte las gracias. Empezaba a ser patético con mis etiquetas en las fiambreras —rio Grant.

—Deberíamos darle las gracias a Ally. Si no hubiera sido por la cinta...

—Nunca habríamos sido tan felices —terminó su marido la frase—. Venga, vamos a enseñarle a esos niños cómo se juega a la pelota.